律子慕情

小池真理子

集英社文庫

目次

律子慕情

恋慕
れんぼ

昭和三十九年。東京オリンピックが開催される年の六月に、父方の叔父が亡くなった。木所晴夫《きどころはるお》。二十九歳の若さだった。

叔父の遺体が家に戻って来たのは、梅雨に入ってまもない日の、薄暗い昼下がりだった。朝から降りしきっていた雨がいっそう烈《はげ》しくなり、玄関脇のヤツデの葉にあたって弾《はじ》ける雨音がうるさいほどだったのを覚えている。

父は玄関の三和土《たたき》に立ちすくんだまま、わなわなと震え出した。震えながら柩《ひつぎ》に向かって、ばかやろう、と怒鳴った。

「そんな恰好《かっこう》で帰って来て、恥ずかしいと思わないのか」

怒鳴り声が一瞬、雨音をかき消したが、その直後、風もない日だったのに、ざあっ、と烈しい音と共に雨が玄関先に吹きつけてきた。柩の上に載せられた白菊の小さな花束が、ぽとりと湿った音をたてて三和土に落ちた。

柩を運んできた人たちが、あ、と声をあげた。先頭にいて柩を支えていた黒スーツ姿の男が、腰を屈《かが》めながら花束に向かって手を伸ばした。咄嗟《とっさ》の判断で、私は三和土にしゃがみこみ、花束を拾おうとした。どこからともなく母が駆け寄って来て、だめ、と小声で言った。

理由がわからなかった。母の顔は、見たこともないほど強張《こわば》っていた。花束は母の手によって拾い上げられ、再び柩の上に載せられた。親戚の一人だったと思うが、近くにいた年寄りが発作でも起こしたように身を震わせ、叫び声をあげた。だが、何を叫んでいるのか、聞き取れなかった。雨が地面をたたき、軒先をたたき、あらゆる物音を飲みこんでいった。

祖母は私の双子の妹たちを抱き寄せたまま、柱の陰に隠れるようにして立っていた。双子はおびえた様子で、祖母の腰にしがみついていた。祖母は顔を歪《ゆが》め、目を閉じ、ひっきりなしに念仏を唱えていた。

柩が安置されたのは、ふだん来客がある時に使っていた十畳の和室だった。部屋には早くも燈明《とうみよう》が灯《とも》されていた。天井からぶら下がっている電灯の他に、幾つもの明かりが光を放っていたものだから、部屋は場違いなほど明るく感じられた。明るいのにあちらこちらにもやもやとした影ができていて、光が届かない部屋の隅々は、沼のように深い闇で塗りつぶされており、そこに得体の知れない魔物が潜んでいるような気がして恐ろしかった。

まもなく、大勢の人間がやって来た。大半が父方の親戚だった。女たちは地味な服装にエプロンをつけて台所に上がりこみ、意味ありげな視線を交わし合いながら酒の支度を始めた。

祭壇の中の叔父の柩は、むせかえるほど夥《おびただ》しい数の白い花で埋められた。親戚の男たちは、父を囲んで車座に座ったまま、口数も少なげに、それぞれ煙草《たばこ》をふかしたり、出されたお茶をすすっていたりした。

そのころ、ちょうどわが家は工事中であった。二階部分を増築し、それまで一つしかなかった子供部屋を二つに分け、うち一つを私専用の部屋にして、双子の部屋も広くし、ついでに庭に面してベランダも設ける……というのが父の計画だった。工事は始まったばかりで、二階の子供部屋を使えなくなった私と双子の妹たちは、玄関脇の洋間をあてがわれていた。

みんなの邪魔にならないよう、どこか別の部屋で遊んでいなさい、と母に言われ、仕方なく私は妹たちと一緒に、仮の子供部屋に行った。とても遊べるような気分ではなかった。いかめしい革張りの応接セットのまわりを囲むようにして勉強机を三つ並べ、子供部屋にあった小物を全部運びこんだものだから、洋間はひどく狭くなり、足の踏み場もなくなっていた。私たち三人は、部屋からせり出した出窓にのぼり、ガラスに額をつけて外の様子を眺めていた。

叔父の死の知らせが入った日から工事は中断していたものの、家の周囲には工務店が置いていった工事用具が雑然と並んでいた。あとからあとから、神妙な顔をした大人たちが、雨で濡《ぬ》れそぼった工事用具の脇を通って玄関に入って来た。知っている顔もあれば、知らない顔もあった。全員が黒っぽい傘をさしているので、傘の中の顔は皆、薄闇に包まれた表情のない仏像のように見えた。

「工事なんか、しなきゃよかったのに」双子の妹の一人、直美《なおみ》が言った。

どうして、と私は聞いた。

「おばあちゃんが言ってたもん。おうちの工事をすると、誰かが死ぬんだって」

「言ってた。言ってた」もう一人の妹、明美《あけみ》が大きくうなずいた。「あんまりおうちの工事はするもんじゃないんだ、って」

祖母は言い古されてきた迷信を口にするのが好きだった。黒猫が前を通り過ぎたら、急いで回れ右をして別の道を行かないと家族の誰かが病気になる。夜になって爪を切ると、親の死に目に会えない。霊柩車《れいきゅうしゃ》を見たら、親指を隠さないと不吉なことが起こる。……そんなことばかり聞かされて育ったものだから、私はともかく、妹たちは幼いころから年寄りじみた縁起かつぎばかりしていた。

二階の建て増し工事をしたせいで叔父が死んだ、などということは、断じて信じたくなかった。自分専用の立派な子供部屋ができるからといって、それと引き換えに叔父が死ななければならなかったのだとしたら、代わりに自分が死ねばよかったんだ、と私は子供心に真剣に考えた。

「どこの家でも、工事はするじゃないの」私はわざと大げさにせせら笑ってみせた。「木村さんのおうちだって、去年、縁側を新しくしたし、本田さんのとこだって、二階を建て増ししたじゃない。誰か死んだ？　誰も死ななかったでしょ。おばあちゃんが言ったことなんか、嘘《うそ》に決まってるんだから」

「全員じゃないんだってば」双子は口々にそう言った。「全員じゃないけど、でも、建て増ししたりすると、どっかで死人が出るんだって。あんまりよくないんだって。おうちは、そのまんま、住んであげなくちゃいけないのに、途中で変えたりするとよくないんだって」

「そうそう。おばあちゃん、そう言ってたよね。おうちが怒るんだって」

嘘よ、と私はむきになった。「おじさんが死んだのは、別に家が怒ったからじゃないわよ。家が怒るわけないじゃないの。おじさんみたいないい人に、家が怒るわけない……」

途中から言葉が続かなくなった。嗚咽《おえつ》がこみあげてきて、自分の吐く荒い息が窓ガラスを曇らせた。

双子は当時、九歳。小学校三年生だった。人の死が何を意味するのか、完璧に理解していたはずだが、何故《なぜ》、叔父が死んだのか、詮索する様子はなかった。父も母も祖母も、妹たちには嘘をついていた。晴夫おじさんは旅先で急病になり、病院に運ばれたが、手当ての甲斐《かい》もなく息を引き取った……そういうことになっていた。

だが、私は真相を知っていた。どうして知らないわけがあっただろう。叔父は死ぬ前日に電話をかけてきた。行き先も告げずに、旅行に行く、と言って家を出て行ったきり、三、四日たっても連絡がなかったので、父や母が心配し始めていたころのことだ。

たまたま、家にいた私が電話に出た。父は会社に行っていたし、母は祖母と一緒に買物に出ていた。妹たちは外で近所の子供たちと遊んでいた。

「ああ、りっちゃんだね」と叔父は言った。「可愛《かわい》いカワウソくん。カワウソくんの声を聞くのは久しぶりだな」

カワウソくんというのは、叔父が私につけたあだ名だった。たまたま家族で見ていたテレビ番組の中に、川で戯れるカワウソが出て来て、叔父が「りっちゃんに似てる」と言い出したのがきっかけだった。叔父は人のことを動物にたとえるのが好きだった。叔父にかかると、祖母はラクダ、父はモリアオガエル、母はヤギ、直美と明美の双子の姉妹はジュウシマツになった。

少し酒に酔っているような、舌ったらずの甘えたような喋《しやべ》り方だったが、それまでにも叔父は時折、昼間からビールを飲み、呂律《ろれつ》が怪しくなることがあったから、別段、私は気にもとめなかった。

「今どこにいるの?」と私は聞いた。

能登《のと》、と叔父は言った。「海が見える旅館に来てるんだ。雨だけど、外はきれいだよ。波しぶきがすごいけどね。どこからどこまでが雨で、どこからどこまでが波しぶきなのか、見分けがつかないや」

「おじさん、お酒飲んでるでしょ」

「少しね」

「お父さんもお母さんもおばあちゃんも、みんな、心配してたのよ。おじさんたら、全然、連絡をくれないんだもの」

「悪かった、悪かった。ところでカワウソくん、元気かい？」

「元気よ。おじさんは？」

「元気だよ。りっちゃんに会いたいな。りっちゃんが早くもっと大きくなって、僕の恋人になってくれればいい、って、さっきも考えてたところだよ。きみはお母さんに似て、素敵な女性になるからね。間違いない。ボーイフレンドもたくさんできる。デートのお誘いが山のようにくる。そうなったら、僕はやきもちを焼くんだろうな。可愛いカワウソくんは他のやつらに取られたくないもんな」

そこまで言うと、叔父は一呼吸おき、「りっちゃん」と私の名を呼んだ。

わずかな沈黙が拡《ひろ》がった。受話器の奥から波の音が聞こえたように思えた。

「僕はね……きみのことが大好きなんだよ。ほんとに大好きなんだ」

私は思いがけず、顔が赤らむのを覚えた。胸がどきどきした。

叔父がそんなふうに冗談めかして、私のことを大人の女のように扱ったり、男女の秘め事のような話題をわざと持ち出して私の反応を窺《うかが》ったりすることはそれまでにも何度かあった。だが、「大好きだ」と大まじめに言われたのは、それが初めてだった。叔父の口調は途方もなく優しくて、沈みこむような静けさが感じられた。

私が返す言葉を失って黙っていると、叔父は「元気でいるんだよ、りっちゃん」と口早に言った。「りっちゃんのことは忘れない。この一年、楽しかったよ。とっても楽しかった」

ふいに、説明のつかない不安が私の中に拡がった。「おじさん、何だか変」と私は言った。「どうかしたの？　なんで、そんな変なことを言うの？」

叔父はくすっと短く笑った。「なんでもないよ。じゃあな、僕の可愛いカワウソくん。これで切るよ。りっちゃんの声が聞けてよかった。安心したよ」

もしもし？　と言いかけた途端、ぷつりと音がして電話は切られた。

買物から帰って来た母と祖母に、私は叔父からおかしな電話がかかってきたことを告げた。何がおかしかったのか、うまく説明できなかった。ただ、おじさんが変だった、変なことばっかり言ってた、と繰り返すことしかできなかった。理由はよくわかっている。私は祖母や母に向かって、叔父が私のことを大好きだ、と言った話を教えたくなかったのだ。

また酔っぱらってるんだわ、と祖母はいまいましげに、吐き捨てるような口調で言った。しようもない子だこと。ろくな仕事にもつかないで、遊んでばっかり。

いつまでこんな生活を続ける気なんだろう。まったく情けないったらありゃしない。

おじさんは能登にいるのね、と母は私に念を押した。能登の何ていう旅館なの？

知らない、と私は答えた。そう、と母は言い、あたかも祖母の口まねをするかのように、「しようもない人」とつぶやいて遠くを見つめた。

能登半島にある旅館の一室で、叔父が首を吊《つ》って自殺した、という知らせが警察から入ったのは、その翌日だった。

遺書はなく、ただ身の回りの荷物が丁寧に片づけられ、死ぬ直前まで飲んでいたらしいウィスキーの空き瓶が、海に向かって開け放たれた窓辺に手向けのようにしてぽつんと置かれていただけだ、と聞いている。

叔父の木所晴夫は、昭和三十三年、二十三歳になった年に知人を頼って渡米した。叔父の夢は、アメリカで映画や演技の勉強をし、帰国して映画俳優になることだった。

その方面の才能があったのかなかったのか、私にはわからない。母は時々、いたずらっぽい顔をして「晴夫おじさんのほうがお父さんよりも美男子ね」と囁《ささや》いて、私の同意を求めてきたが、叔父が父よりも美男子なのかどうかすら、私には判断できなかった。叔父が渡米した時、私はまだ六つになったばかりだった。叔父は、他の大人たちと同様、私にとって、年嵩《としかさ》の男の一人に過ぎなかったのだ。

叔父からは、何度も父と母あてに絵葉書が届いた。絵葉書には、細かい文字でびっしりと近況が書かれてあった。

文面は理解できなかったが、外国の切手や英語まじりの宛名、ナイアガラの滝や自由の女神像が写っている写真は、どれほど私の興味をひきつけたことだろう。叔父から絵葉書が届くたびに、私は父にせがんで絵葉書についている写真の説明を求めた。子煩悩だった父は、喜んで私を膝にのせ、絵葉書の写真に何が写っているのか、英語で何が書かれてあるのか、叔父がアメリカで何をしているのか、わかりやすく教えてくれた。私にとって、叔父から送られてくる絵葉書は、長い間、アメリカのシンボルだった。

祖母は初めから、叔父の渡米には猛反対していた。木所の祖父は他界していたが、長男である父は祖父が始めた製本会社を継ぎ、手堅い商売を続けていたし、医者になった次男は国立病院に勤務していた。三男は大学を出てすぐに、大手都市銀行に就職した。

どうして晴夫だけが親不孝なんだろう、私の息子はみんな優秀だったはずなのに、どうしてあんな風来坊みたいな子供ができてしまったんだろう、と言うのが祖母の口癖だった。

風来坊というのは、当たらずとも遠からずだった。まともに演技の勉強を続けていたのは最初の二年ほどで、叔父はまもなくアメリカ人の女性と同棲《どうせい》を始め、生活費を稼ぐために、様々なアルバイトに手を染めるようになった。

俳優になるという夢はたちまち遠のいた。よく知らないが、いかがわしい連中とのつきあいもあったらしい。女性関係も派手だったようだ。そして、何が原因だったのか、おそらくは女性をめぐってのトラブルがあったのだろう、昭和三十七年の夏、叔父は日系ブラジル人のチンピラと喧嘩《けんか》して腹を刺され、病院に担ぎこまれた。

命には別状なかったものの、入院生活を余儀なくされ、暮らしに困って祖母や父あてに金の無心が続いた。手をこまねいていた祖母は叔父に帰国を命じた。

初めはぐずぐずと言い訳がましくアメリカに残っていた叔父だったが、やがて背に腹は代えられなくなったらしい。私が小学校五年生になった昭和三十八年五月、叔父は山のようなスーツケースやボストンバッグを手に帰国すると、そのまま私の家に居ついた。

二十八歳になっていた叔父が、父の弟であることを認めるためには、相当の努力を要したような気がする。母がこっそり私に囁いたように、叔父はなるほど、父よりもはるかに美男子だった。父と似ていたのは、小鼻のあたりの丸っこさと、気にならない程度に八の字形になっている眉だけ。くっきりとした深みのある二重まぶたや涼しげな目、笑うと美しいアーチを描く口もと、引き締まったぶ厚い胸、バランスの取れた体型など、どれを取ってみても、父と叔父とが兄弟であることを連想させるものは何ひとつなかった、と言っていい。

叔父は、私や妹たちの見ている前でわざとシャツを脱いでみせ、チンピラにナイフで刺されたという脇腹の傷跡を見せびらかしたり、一緒に住んでいたという金髪の女性が水着姿で笑っている写真を見せてくれたり、本物かどうかはわからないが、マリリン・モンローのサインが入っている、というブロマイドを見せてくれたりした。ブロマイドの中では、モンローが肩ひもを落としたドレス姿で、胸の谷間もあらわにシナを作っていた。

子供の前で、そんな写真を見せるな、と父はたしなめたが、叔父は笑うだけで聞かなかった。一つには私や妹たちが、叔父の提供してくれる話題の面白さに目を輝かせ、話をせがんでいたせいもあるだろう。とりわけ私は、叔父が話してくれる大人の男女の恋物語や、アメリカでは小学生ですら、親に公認された相手とデートをし、キスし合ったり、抱き合ったりするのだ、という話に夢中になって耳を傾けていた。

そんな話を聞いた夜は、なかなか寝つけなかった。私にはクラスに一人、好きな男の子がいた。ケンジという名のその子は学校でも評判の悪ガキで、担任教師も手を焼いているほどのいじめっ子だったが、どういうわけか、私にだけは優しかった。

私はケンジのことを思い浮かべ、彼と正式にデートして遊園地に行ったり、散歩したり、彼に送られて夕方、家に帰って来る自分を想像した。想像の中のケンジはいつも、どういうわけか、紺色のダブルのジャケットを着ており、私はペチコートでふくらませた花柄模様のスカートをはいていた。

現実とは違って、夢の中で思い描く自分が、モンローのような完璧な大人の体型をしているのが可笑《おか》しかった。私はせめて胸のふくらみが欲しいと願い、毎晩、風呂あがりにこっそりと鏡の前に立って、両腕で胸を抱えこむようにしながら、うつむき加減の姿勢をとった。そうやると、いくらか乳房がふくらんでいるように見えて嬉《うれ》しかったからだ。

だが、姿勢を戻すと、胸はただの扁平《へんぺい》な板に戻った。ほんの少し、わずかではあるが、乳首が色づき、周囲の皮膚を押し拡げながら隆起しかかっている気配が見えるばかりで、触れてもさほどのふくらみは感じられない。だが、その部分を強く押すと、かすかな甘酸っぱいような痛みが走り、その痛みは何故か、身体《からだ》の奥深くにまで拡がって、私を切ないような、心もとないような妙な気持ちに駆り立てるのだった。


叔父はまもなく、父の会社で働くことに話が決まったが、日本での生活に戻るために、しばらく時間が欲しい、と言い出して、正式入社は延期になった。父も祖母もそのことについては、だいぶ苛立《いらだ》っていたようだ。父と叔父との間に、何度か深刻な諍《いさか》いがあったことも覚えている。

毎朝遅くまで寝ていて、昼間は母を手伝って家事をしたり、祖母の買物につきあったり、散歩に出たり。学校から私や妹たちが帰ると、すすんで遊び相手になってくれるが、気が向かない日は、日がな一日、ごろごろと自分の部屋で雑誌をめくったり昼寝をしたりして一日を終える。それが叔父の日課だった。

夜になると、ふらりと家を出てどこかに行き、遅くなるまで帰らない。飲んでくるのか、深夜を過ぎて戻るころには、決まって泥酔しており、苦しげな呻《うめ》き声がトイレから聞こえてくることも度々あった。

叔父にはあのころ、友達と呼べるような人間がいたのだろうか。つきあっている女性はいたのだろうか。

長い外国暮らしのせいで、友達は少なかったようだが、あれだけの美貌を誇っていた叔父のことだから、一旦、外に出れば、女性が群がって来たに違いない。だが、私の知る限り、叔父を訪ねて来た女性は一人もいなかった。叔父あてに女性から電話がかかってくることもなかった。叔父は外に飲みに行く時以外、たいてい家にいた。

木所の親戚の中には、叔父のために見合いの話を持ってくる人間が何人かいた。仲人をたてた正式な見合いではなかったが、着飾った見知らぬ若い女性が、父方の親戚と一緒に我が家にやって来て、居心地悪そうに和室の座布団に座っているのを私は何度も目撃している。

そんな時、決まって叔父は私を呼び出し、「りっちゃん、どんな人か見てきてよ」と言った。

私は縁側を通り過ぎるふりをしながら、障子が開け放された客間の前を通り、ちらりと中の様子を窺う。父と母、それに親戚の人間に囲まれて、緊張しきった表情でうつむいている女の人が見える。

父は私を見咎《みとが》めて、「なんだ、律子《りつこ》。お行儀が悪いぞ。こちらに来て、ちゃんとご挨拶しなさい」と言う。

私は畳のへりに立ったまま、ぺこりと頭を下げる。父が私を紹介する。女の人がちらりと私を見上げ、目を細めて微笑《ほほえ》み、こんにちは、と蚊の鳴くような小さな声で言う。「律子ちゃんは、何年生？」

「五年生です」

そう、と女の人は気の毒なほど引きつった愛想笑いをしてうなずくが、それ以上、何も話すことがなくなって、助けを求めるように母のほうを見る。

母は、私に「もういいのよ」と言う。「あっちに行ってなさい。それと晴夫おじさんに、早くここに来るように言ってね。お客様がお待ちかねだから、って」

返事もそこそこに、私は叔父の部屋に駆け戻り、和室で見てきたことを残さず伝える。振袖を着た女の人だったよ。ほっぺたにニキビができてて、目が細くて、丸顔で……それで、ええっと、ちょっと太ってた。

叔父は「へえ」と面白そうに笑う。「ということはつまり、美人じゃなかったんだね？」

ううん、と私は返答につまる。子供心に、とても感じのいい女の人のことを称して、不美人だ、と断言するのは申し訳ないような気がしたからだ。

すると決まって叔父は聞く。「りっちゃんのお母さんとどっちが美人だった？」

母のほうが美人だ、と即答できる時もあれば、つまって答えられなくなることもあった。答えられなくなった時だけ、叔父は「へえ」と興味深げに目を丸くし、

「そいつはいいや。早速、会ってこよう」と言って、そそくさと立ち上がる。

そんな日は、客人が帰った後で、叔父は私を呼びつけ、耳元でいたずらっぽく囁いた。「りっちゃんの嘘つき。お母さんのほうがずっと美人じゃないか」と。

母はいつも家の中のことをしていた。食事の支度や布団あげ、洗濯、掃除をひと通り終えた後でも、くつろいで座っていることは滅多になく、縁側で繕いものをしたり、押入れの中のものを虫干ししたり、えんどう豆のさやをむいたり、古いセーターをほどいて編み直したり。そのせいだろうか、あのころの母はたいて

い、伏し目がちであった。

私や妹たちが学校から帰って、母の傍《そば》でおやつなど食べながら、やかましく騒いでいても、母は仕事の手を止めず、にこにこしながらうなずき続ける。子供たちを叱ることはほとんどなく、母親にありがちなヒステリックな言動とも無縁だった。

祖母がぽんぽんと物を言う人だったので、攻撃をかわすための演出だったのか、と大人になってから考えてみたこともあったが、そういうわけでもなさそうだった。母はもともとおとなしい性格で、家庭に入って主婦になるためだけに生まれてきたような人間だった。家庭を守り、快適な暮らしを営むことにかけて、母ほど天賦の才を発揮できた女性を私は知らない。

風邪で学校を休んだ時など、私は意味もなく心細くなり、母を何度も何度も部屋に呼びつけたものだが、そんな時でさえ、母は私の布団の横で針仕事をしていた。喋るのはもっぱら私のほうで、母は相槌《あいづち》を打ちながら微笑むだけ。ふだんは白粉《おしろい》や口紅をつけない人だったが、睫毛《まつげ》が長く、色白のつややかな肌をいつまでも保っていたため、昼日中、光の中でまじまじと見つめても、子供ながら、その美しさに見とれるほどであった。

叔父と暮らし始めてから、母の傍らに叔父の姿を見ることが多くなった。叔父は、母が庭いじりを始めると、自分もスコップを片手に土を掘ったり、竹箒《たけぼうき》であたりを掃いたりし、母が繕いものを始めると、その横に寝そべって、台所から持ってきたビールをちびちびと飲み始めたりした。

叔父が冗談を飛ばすと、母は可笑しそうに背中を震わせて笑い、時折、ぽんと叔父の肩を叩《たた》いては「いやあね、晴夫さんたら」などと言った。そのいくらか艶っぽい、鼻にかかったような声は、どういうわけか、いつまでも私の耳に残された。私は知らぬうちに、母の口まねをするようになっていた。叔父に何かからかわれると、「いやあね、おじさんたら」と言った。その際、叔父の背中や腕を軽く叩くことも忘れなかった。

だが、母のような言い方はできなかった。母のように腰のあたりをわずかにくねらせて、背筋を伸ばし、何か途方もなく妖しい雰囲気を漂わせることもできなかった。

なのに、叔父はいつも「りっちゃん、色っぽいぞ」と言ってくれた。「くらくらするなあ。うーん、すごい色気だ」

子供相手に言う、罪のない冗談だったに違いない。その場限りのお世辞だったに違いない。だが、そう言われるたびに私は喜んだ。喜びながら、叔父にもっともっと注目され、ほめられ、一人前の女性として扱われ、愛されることを望んだ。それは、クラスのいじめっ子、ケンジに対する気持ちとは別のものだった。恋であるとは思わなかった。かといって、肉親に対する愛情のようなものとも違った。たとえて言えばそれは、見るたびに胸を焦がしてくるスクリーンの中の俳優に向けた気持ちに、どこか似ていた。

叔父と一緒に暮らすようになってから半年ほどたった或《あ》る日のこと。学校で特別の映写会が行われた。

女子児童だけが理科室に集められ、何やら秘密めいた雰囲気の中で映写会が始まった時から、クラスのわけ知り顔のませた連中が、「アレの話よ、決まってるんだから」と言い出した。

「アレ、って何？」と聞いたのだが、誰もが嫌がって答えない。本当は誰もはっきりしたことは知らなかったに違いないのだが、母親が買ってくる婦人雑誌をこっそり覗《のぞ》いて、大人の女の世界を垣間見た女の子たちは、自分だけが秘密を知っている、とでも言いたげに、かん高い笑い声をあげて照れてみせた。

見せられた映像は、東京都の教育委員会が作成したもので、タイトルは『女性のからだ』だった。男性性器と女性性器をそれぞれ図解したものが並べて映し出されると、教室内はざわざわし始めた。いやらしい、という笑いをにじませた声が後ろのほうで聞こえた。

私は、頭のほうは相当、ませていたつもりだが、性に関しては子供程度の知識しか持っていなかった。赤ん坊ができるメカニズムもまるで知らず、結婚式で交わす三々九度の盃《さかずき》の中に、赤ん坊ができる薬が混ぜられているに違いない、と信じていたほどだから、その点において私は、呆《あき》れ返るほどオクテであった。

映画を見終わってからも「月経」という言葉の意味が理解できず、そのうえ、完璧に聞き違えていたものだから、帰宅後、母に「今日、げっぺいの映画を見せられたの」と言って、怪訝《けげん》な顔をされた。

「げっぺい、って中国のお菓子のこと？　月餅《げっぺい》の作り方が出てくる映画なの？　珍しい映画ねえ」

「違うわよ。そんなんじゃなくて、ほら、その……」

秋の日の夕暮れ時で、母は台所に立ってカボチャを煮ていた。双子の妹たちは外で遊んでおり、祖母はどこかに出かけていて留守だった。家にいたのは母と叔父だけで、叔父は台所の隣の茶の間で、うつむき加減になりながら足の爪を切っていた。

私は茶の間を見た。いくら知識がなくても、その種の話を叔父のいる前でするべきではない、ということだけはわかっていた。

私は背伸びして、母に耳打ちした。「女の人の身体とか、男の人の身体なんかが出てくる映画なのよ。お母さん、わかるでしょ」

母は手にした菜箸の動きを止め、珍しく私のほうをまじまじと見つめた。

月経のこと？　と母は大きな声で聞き返した。「月経でしょ？　げっぺいじゃないわ、律子。いやあだ。お母さんたら、てっきりお菓子のことかと思って……」

母はげらげら笑いだし、途中で気づいたのか、ちらりと茶の間を窺い、軽く肩をすくめて口をおさえた。

「なんだい？　何の話？　何か面白いことがあったの？」茶の間から叔父の声が飛んできた。

なんでもない、と私は言った。叔父は、きれいな歯を見せながら私に向かって笑いかけた。つやつやとした小麦色の頰に不精髭《ぶしょうひげ》が少し伸びかけ、爪を切るために立て膝の姿勢をとっている叔父の肩のあたりに、うっすらと筋肉が盛り上がっているのが見えた。叔父は、ぞっとするほど男臭く見えた。

その日、学校で見せられた男性性器の図を思い出した私は、叔父から目をそらした。性的なものを連想する時にいつも感じていた、どうにも説明のつかない、あの心もとない肉体の欠落感のようなものが胃のあたりから下腹にかけて襲ってきた。私は慌てて、水道の蛇口をひねり、コップで水を飲んだ。

母はひとしきり笑った後、「そうなの。そうだったの」と何度もうなずいた。「律子も、もうすぐ大人になるんだものね。ちゃんと覚えておかなくちゃね」

私は声をひそめた。「でも、私、わかんない。なんなの、あれ。毎月、血が出るんでしょ？　気持ち悪いわ。どうすればいいの？　痛くないの？　どこから血が出るの？　おしっこの出るところからでしょ？」

母はいくらか困惑したように目を細め、煮つけたカボチャを皿に盛りつけ始めた。

「その時がきたら、お母さん、ちゃんと教えてあげる。大丈夫よ。心配しないで」

「その時っていつ？」

「わからない。でももうすぐよ、きっと。律子はここのところ、発育がよくなってるもの。もうすぐよ」

私はまた、茶の間のほうを盗み見た。叔父の姿は消えており、使った爪切りだけが、ぽつんと畳の上に残されていた。

母は盆に載せた茶碗《ちゃわん》や箸を茶の間に運び、「あら」と言って、部屋の隅から何かをつまみ上げた。叔父が切った足の爪だった。

「こんなところにまで飛んじゃってる。晴夫さんの爪って元気いいのね」

独り言のようにそう言いながら、母は叔父の爪を指先で弄んだ。嫌悪と快感とがごちゃまぜになったような、ひどく居心地の悪い気分にとらわれて、私は思わず「汚い」と母を罵った。

「どうして？」母は穏やかな顔つきで私を見上げた。

「人の爪なんか触って。汚いじゃない」

「家族の爪じゃないの。律子の爪も直美や明美の爪もお父さんの爪も、みんな同じよ。汚くなんかないわ」

「おじさんの爪は別よ」

私が言ったその言葉をどのように受け取ったのか。母は困惑したように微笑んだ。微笑むと母の顔は泣いているように見え、そのいじらしいような表情がいっそう、なまめかしく感じられた。

私は自分でも制御できないほど苛立たしい気持ちにかりたてられて、茶の間から飛び出した。

トイレにでも立ったのか、再び茶の間に戻って来ようとしていた叔父と廊下の角でぶつかったのは、その直後だった。

叔父は背が高かった。私の頭は叔父の胸にすら届かず、ぶつかった時、叔父は「おっと、危ない」と言いながら、私の身体をふわりと抱きくるんだ。

私の鼻は叔父の身体に押しつけられた。叔父の身体には、いつも叔父がつけていた甘ったるい整髪料の匂いがしみついていた。それは父の匂いでも母の匂いでも祖母の匂いでもない、紛れもない叔父の匂い、叔父からしか嗅ぎ取ることのできない男の匂いだった。

「カワウソくん。いったい何を急いでるんだい？」

叔父は歌うように、あやすようにそう言い、笑いながら私の頭を撫《な》でた。

何かが激しく渦を巻きながらこみあげてきた。私はもがくようにして、叔父から身体を離した。自分でも気がつかないうちに、目に涙がたまっていた。

叔父は私を見下ろすと、かすかに眉をひそめた。「ごめん。どこか痛くした？」

ううん、と私は頭を横に振った。ますます涙があふれてきた。叔父の顔がぼやけて見えた。

私はまだ十一歳。叔父は二十八歳だった。私は、自分が叔父からは永遠に一人前の女として愛されないこと、私の叔父に対する気持ちが、滑稽なほど一方通行であることを知っていた。

それは何も、私が初潮もみていないほどのほんの子供で、親子ほど年の離れた叔父の愛の対象になるはずがない、と思っていたからではない。血がつながった叔父への愛が禁断の愛である、と自分に言い聞かせていたからでもない。理由はもっと他にある。

叔父が愛していたのは、私の知る限り、母一人だけだったのだ。

年が明け、春になっても、叔父は相変わらず家でぶらぶらする生活を続けていた。業を煮やしたのか、あるいは虫の居所が悪かったのか、一度だけ、父が本気で怒り、働く気がないのなら、出て行ってもらおう、と言い出したことがある。そのあまりの剣幕に、私ははらはらしたのだが、叔父は、すまない、と素直にあやまり、兄貴の気持ちはよくわかる、僕が悪かった、と言って荷物をまとめ始めた。

真っ先に止めたのは祖母だった。日頃は叔父のだらしなさを悪く言ってばかりいた祖母も、実のところ、息子がいつまでも傍にいてくれる、という状態が、まんざら不満でもなかったらしい。まあ、いいから、いいから、と祖母はたしなめ、アメリカではとんだ災難にあってきたんだし、本人もあちらでの生活ぶりについては反省してもいる、気持ちのまとまりがつくまで、こういう状態が続くのも大目に見てやらねば仕方がない……そんな意味のことを言って、父を説得した。

その晩、父は叔父と差し向かいで遅くまで酒を飲んでいた。兄弟の間で何が話し合われたのか、わからない。翌日、私が学校から帰ってみると、母が「お父さんからお許しが出たのよ」とほっとしたように言った。「晴夫おじさんは、しばらくここにいるんですって。そしてね、今年の夏から、お父さんの会社に勤めるんですって。約束したんだって」

そう、と私は言った。どんな顔をすればいいのか、わからなかった。叔父が出て行ってしまうかもしれない、もう一緒に暮らせなくなるのかもしれない……そう案じて、前の晩、私はよく眠っていなかった。

「律子、嬉しい？」母はそう聞いた。

私は黙っていた。母は微笑ましげに私を見ると、「律子は晴夫おじさんのことが大好きだものねえ」と独り言のようにつぶやいた。

「お母さんもでしょ」

私がそう言うと、母はちょっとびっくりしたように目を瞬《しばた》かせ、そうね、とだけ短く言って、また穏やかに微笑んだ。

私はそのころ、毎週土曜日にピアノを習っていた。娘たちはいずれはピアニストに、と父が勝手に夢見て、半ば強制的に習わせられていたのだが、私はまだしも、双子の妹たちはピアノが大嫌いだった。練習もせず、さぼってばかりいたので、そのうち父は諦めたらしい。おとなしくレッスンを続けていたのは私だけだった。

夏からまじめに勤め始める、と叔父が父と約束を交わしたという日の翌日。前ぶれもなく、叔父がピアノ教師の家まで私を迎えに来た。

別段、外が暗くなっていたわけでもない。嵐が近づいていたわけでもない。それどころか雲一つなく晴れわたった明るい春の日だったから、どなたかおうちの方が迎えにみえてるわよ、とピアノ教師に告げられた時は、家で何かあったのだろうか、と不安にかられた。

慌てて玄関に走って行くと、開け放されたままの引き戸の向こうに叔父が立ち、ぼんやり空を眺めている姿が目に入った。叔父は普段着のズボンに下駄《げた》……というだけた装いで、大学生のように若々しく見えた。

叔父よりも少し年下で独身だった女性ピアノ教師は、私が叔父を紹介すると、愚かしいほど頰を真っ赤に染めた。「まあ、律子さんのおじさまでいらっしゃいましたの。ちっとも存じ上げずに失礼致しました」

そつなく挨拶を交わすどころか、叔父は旧知の人間と話す時のようにざっくばらんな冗談を飛ばした。ピアノ教師の頰はますます上気し始めた。

肩を並べて外に出るなり、私は「どうしたの?」と聞いた。「びっくりした。おじさんが迎えに来てくれるなんて、思わなかったから」

「ゆうべ、お父さんと飲んで、ちょっと二日酔い気味でね。酔いざましにと思って散歩してたら、りっちゃんのピアノの日だったこと思い出してさ。それで寄ってみたんだ」

「ピアノの先生ったら変だったよね」

「どうして?」

「おじさんのこと見て、真っ赤になったりして」

ははっ、と叔父が笑い、お猿のお尻も真っ赤っか……とおかしな節をつけて歌い出したので、私も笑った。

桜が終わったばかりのころで、あたりはほかほかと暖かく、ちょっと息を弾ませると汗ばむほどの陽気だった。叔父がひきずる、カラコロという下駄の音が耳に優しかった。

多摩川《たまがわ》に寄って行こう、と叔父が言い出し、私たちはピアノ教師の家から歩いて五分ほどのところにある多摩川の土手を登った。春の夕暮れ時の風が、土手に群れ咲くすみれやタンポポの花を揺らしていた。

ゆうべはりっちゃんのお父さんに、怒られてばっかりいたよ……叔父はそう言って笑った。「りっちゃんのお父さんは怖いからな。まじめだし、頑固だし。でもさ、いいお父さんだよね。すぐ怒鳴るし、荒っぽいことも言うけど、根は優しくって頭もいい。僕にはかなわない相手だよ」

「喧嘩したら負ける？」私は聞いた。

口では負けるさ、と叔父は言った。「でも、つかみ合いの喧嘩だったら、多分、僕のほうが勝つな。僕は力があるからね」

「でも、おじさん、ナイフで刺されたよね。あの時は、負けちゃったんでしょ」

「うん。そうだけど、あの時だって相手が武器を持ってなかったら、勝ってたと思うよ」

「じゃあ、動物にも勝てる？」

「勝てるさ」

「ライオンでも？」

「もちろん」

「ゴジラが襲ってきても？」

「簡単だよ」

すごい、スーパーマンみたい、と私は言い、叔父に身体をぶつけて笑った。叔父も笑った。

叔父は土手の上に腰をおろした。私も隣に座った。川べりで遊んでいる少年たちの姿が遠くに見えた。

「人生は不思議だね」叔父はぽつりと言った。「もしも僕がりっちゃんのお母さんと結婚していたら、りっちゃんみたいないい子は生まれなかっただろうと思うよ。りっちゃんみたいな素敵な子は、お父さんとお母さんの間にしかできなかったんだ、多分」

何を言われているのか、よく意味がつかめなかった。私は黙っていた。

叔父は足もとに生えていたタンポポを摘み、目の前でくるくる回した。「兄貴が……」と言いかけて、叔父は「お父さんが」と言い直した。「お父さんがお母さんと婚約した時はさ、僕はまだ高校生だったんだ。お母さんを初めて見た時、なんて素敵な人なんだろう、って思ったよ。うちは男の子ばかりの兄弟だったからね。きみのお母さんみたいな姉貴ができると思うと嬉しかったな。ほんとにきみのお母さんは素敵だった」

おじさん、と私は言った。「おじさんは、ほんとはうちのお母さんのこと、好きなんでしょ」

「そりゃあ、好きだよ。大好きだ」

叔父があまりに明るく、あまりにあっけらかんとした言い方で答えたので、私は拍子抜けした。聞いてはならないこと、聞くべきではないことを聞いてしまったのは、叔父がその時、ちっとも深刻ぶった顔を見せなかったからかもしれない。

「おじさんが結婚したいのは、お母さんなんでしょ」

叔父は、手にしたタンポポの花びらを不器用な手つきでちぎり始めた。草野球をしている少年たちの歓声が響いてきた。暖かい風が吹きつけ、叔父の髪の毛をやわらかく乱した。

「私、知ってるもの」私はこましゃくれた子供のように顎を前に突き出した。「おじさんはお母さんと結婚したいんだわ。でも、お母さんはお父さんと結婚してるから、おじさんとは結婚できないのよね」

叔父の横顔からは表情が読み取れなかったが、それもわずかの間だけだった。ふいに叔父は手にしたタンポポの花を宙に向かって勢いよく放り投げると、信じられないほど晴れやかな顔をして私を見た。

「僕が今、誰を奥さんにしたいと思ってるか、知ってる?」

「……うちのお母さんでしょ?」

いいや、と叔父はいたずらっぽく笑って、大きく拡げた手で弧を描きながら、人さし指を私のほうに伸ばしてきた。

「さあて、皆の衆、寄ってらっしゃい、見てらっしゃい。木所晴夫が奥さんにしたいのは誰だろう。はい、正解はこちら。この子だよ、この子」

人さし指が私の額を軽く突いた。私は脹《ふく》れっ面《つら》をした。

「嘘ばっかり」

「ほんとだってば」

「私はまだ小学六年生なのに」

「そうだったっけ」

「冗談ばっかし。おじさんなんて嫌い」

カワウソくん……叔父はふざけた口調で私の肩を抱き、強く揺すった。「カワウソくんが大きくなるまで待ってるよ。ずっとずっと待ってる。な？」最後の「な？」という言葉が、風の中に流れていった。それは最初で最後の、叔父と交わした実現不可能な、それゆえにいっそう切ない密《ひそ》かな約束であった。

叔父が何故、死を選んだのか、正確なところは未《いま》だにわからない。母のことが好きで、好きになればなるほど、父の存在が重くのしかかり、かといってどうすることもできず、破れかぶれになり、苦しんだあげく、ひと思いに死んでやれ、と思うに至ったのか。

俳優になるという夢も、映画の道に進む、という決意も、何もかもがうやむやな中で葬り去られ、生きていることに何の目的も持てなくなってしまったのか。あるいはまた、食べたり、飲んだり、眠ったりすることと同じように、日常の営みの中で、ごく自然にその瞬間を迎えたというだけのことだったのだろうか。

父は、叔父が母に憧れていたこと、しかもそれが、父と母が結婚する以前から変わらぬものであったことについて、まるで気づいていない様子だった。気づいていたとしたら、父はいくらなんでも、帰国した叔父を居候させることはなかっただろう。父は根っから単純な人間だった。人の心の裏を読み取ろうとする前に、自分が見たこと、聞いたことだけを素直に受け入れる種類の人間だった。叔父の母に対する気持ちに気づいていたのは、私とそして、おそらくは母自身だけだったろうと思う。

母は叔父の死後、泣いてばかりいた。叔父が使っていた一階の端の四畳半の、遺品を片づけ終えたがらんとした畳の上に、よく母はぽつねんと一人で座っていたものだ。エプロンで顔を被《おお》い、肩を震わせ、洟《はな》をすすりあげては、またエプロンで顔を被う。

声をかけようと思うのだが、とてもそんなことができる雰囲気ではない。どうしようか、と迷っていると、気配に気づいて母が私のほうを振り返る。

真っ赤な目をしているくせに、母はとりつくろうようにして笑顔を作り、「あら、律子だったの」と言って、そそくさと立ち上がる。「ちょっとね、おじさんのお部屋のカーテンを洗濯しとこうと思ってね」

私は母の涙を見ないようにしていた。見るのが辛《つら》かった。母の涙を見ると、私まで泣きたくなった。泣いたあげく、叔父のことがどれだけ好きだったか、どれだけ叔父に抱きしめられたいと願い、どれだけ叔父に愛されたいと願っていたか、身悶《みもだ》えしながら母に訴えてしまいそうで怖かった。

叔父の納骨が済んだ翌日から再開された家の増築工事は、七月末に完成した。一階の洋間に置いてあった勉強机を二階に運んでもらってから、私は新しく作りつけた本棚に教科書や参考書を並べ、父にねだって買ってもらったベッドのまわりにぬいぐるみを置き、淡いピンク色の壁を飾りつけたりし始めた。夏休みの長い一日をそんなふうに部屋を整えながら過ごしていると、叔父を失った悲しみをいくらか紛らわせることができた。

階段を上がってすぐ左横が私の部屋。その隣が納戸。納戸からL字型に突き出しているのが双子の妹たちの部屋で、廊下に面した窓を開けるとそのまま、庭が見下ろせる広いベランダに出られるようになっていた。

母は庭の朝顔を鉢に植え替え、ベランダに並べてくれた。手すりに蔓《つる》を巻きつけた朝顔は、毎日、大輪の花を咲かせた。妹たちは、朝顔の花で押し花を作るのを楽しみにしていた。

暑い夏だった。家中の窓という窓を開け放っていても、むっとする外の草いきれが入ってくるばかりで、いっこうに涼しくならない。早朝から暗くなるまで、庭の木という木にへばりついた油蟬《あぶらぜみ》が飽きもせずに鳴き続け、その声は聞き慣れた何かのモーター音のように、いつしか耳になじんでいった。

あの日、双子の妹たちは学校のプールに行って留守だった。私は前の晩、寝冷えをしたらしく、少し風邪気味だったため、二階の自分の部屋で、ベッドに寝転がりながら漫画を読んでいた。

ちょうどお昼どきだったと思う。そうめんを茹《ゆ》でようとしていた祖母は、薬味のネギがなくなっている、と言い、近くの八百屋に出かけて行った。

二階のベランダでは、母が洗濯物を干していた。私の部屋のドアは開け放されており、廊下越しにベランダを動き回っている母の姿を見ることができた。

庭では相変わらず油蟬が鳴いていた。うるさいほどだったはずなのに、単調な鳴き声の中には妙に研ぎ澄まされたような静けさがあった。

誰かが階段を上がって来る気配があった。初めは祖母が帰って来たのだろう、と思った。双子だったら、もっとドタドタと大きな足音をたてるはずだった。祖母は、息切れしないようにゆっくり階段を上がって来る。薬味のネギを買って来た祖母が、母を呼ぶために二階に上がって来たのかもしれない。そう思った。

だが、まもなく私は、その気配が祖母のものではないことに気づいた。足音は、祖母がいつもたてる足音よりもさらに静かで、そのくせ、どこか重たい感じがし、規則正しいわりには何かをためらってでもいるかのような、妙な軋《きし》み音を伴っていた。

私はベッドの上に起き上がった。はずみで、手にしていた漫画本が床に転がり落ちた。油蟬がひときわ大きく鳴き出した。外は賑《にぎ》やかすぎるほど賑やかだったのに、奇妙なほどあたりの静けさが増し、そのせいか、ベランダを飛び交う蜂の羽音まで聞き取れた。

足音は階段を上がりきって、廊下づたいに私の部屋のドアの傍まで来ていた。それまで全身にかいていた汗が、一挙に凍りついたような感じがした。私は身動きひとつせずにドアを見つめた。

その時すでに、私にはわかっていた。叔父が来ていること。叔父が増築した二階を見に帰って来たのだということ。

自分にその種の能力があることを知った最初の体験だったのだが、まだその時の私は、それが何なのか、理解していなかった。私はただ、これから目にするであろうものを思い描き、いくらかの恐怖と共に、沈みこむような悲しさと懐かしさを覚えただけであった。

開け放されたドアの向こうで、一瞬、真っ白な光が渦を巻いた。それは本当に、巨大な光の渦巻きで、じっと見ていることができないほど強い反射を起こし、目がくらくらするほどだったが、それでも不思議なことに、そこから視線をはずすことができない。私は光の渦巻きを見つめ続け、渦巻きの中心に何か淡い影のようなものができて、それが次第に人の形をとり、明らかに叔父だとわかるまで輪郭が明瞭になっていくのを信じられない思いで見つめていた。

腰が抜けるほど恐ろしいと思っているのに、一方で嬉しくて、懐かしくて胸がいっぱいになった。声が出ず、身体も動かせない。言葉を交わすことは不可能なのだ、とどこかでわかっていた。私は眼球だけ動かして、叔父の動きを見守った。

真っ白な光に包まれた叔父は、部屋の中にゆっくりと入って来た。叔父の顔ははっきりしなかった。溶けた蠟《ろう》のようにとらえどころがなく、濁った水のようにも見えた。

それなのに、叔父の私に対する気持ちだけは伝わってくる。その気持ちは言葉にならない。言葉を超えてしまっている。

それはたとえて言えば、慈しみに近いものだった。親が子に覚えるような、飼い主がペットに覚えるような、あの、誰もが理解できる深い慈しみ……。叔父が生前、私に対して抱いていた気持ちが、そっくりそのまま、異様なほど素直に私の中に伝わってくるのだった。

おじさん、と声にならない声をあげ、手をのばそうとした時だった。ふいに、私に背を向けて部屋を出て行ったと思ったら、次の瞬間、叔父はもうベランダにいた。

日ざかりの中、母はせっせと洗濯物を干している。父の靴下や私のブラウス、妹たちの下着などを両手で持って、ぴんぴんと皺《しわ》を伸ばしては、ゆっくりと物干し竿《ざお》にかけていく。朝顔の花めがけてやって来る蜜蜂が、母の足もとにまとわりついている。

叔父は母のすぐ傍にいる。ちょっと手を動かせば、届くほど近くにいるというのに、母は気づかない。

母に対する叔父の気持ちが私に伝わってくる。愛、情熱、憧れ、いとおしさ、切なさ、無念さ……それらすべてをひっくるめたもの。その気持ちが強まって濃厚なゼリーの塊のようになり、行き場を失って悲しげに浮遊している様子が私にはわかる。

きらめく光の中で、叔父の輪郭がもやもやとぼやけていき、淡いヴェールのようになった。そしてそれは、生身の母の身体をためらいがちに素通りし、名残り惜しげに、むせ返る夏の大気の中へと、ゆっくり吸い込まれるようにして消えていった。

母がつと私のほうを振り返った。魔法がとけたように、硬直していた私の身体が楽になった。

「暑いわねえ」母はにっこり微笑んだ。「そろそろ、お昼にしようか。おばあちゃん、帰って来た？」

私は黙っていた。黙ったまま、首を横に振った。あふれる光の中で、まぶしそうに目を細めていた母は、私が泣いていることに気づかないようだった。

油蟬の鳴き声に、ツクツクボウシの鳴き声が重なった。玄関の引き戸が開き、祖母が帰って来た気配がした。

あ、帰って来たみたいね、と母は言い、空になった洗濯かごを小脇に抱えながら、はずむような足取りで階段を降りて行った。

猫橋《ねこばし》

その昔、大晦日《おおみそか》になると、決まって足の裏が冷たくなった。大掃除をするために、家中の窓を開け放してしまうせいだ。

畳や廊下は冬の凍《い》てついた空気にさらされる。どれほど厚手の靴下をはいていても、冷たさは刺《とげ》のように足の裏を刺してくる。火の管理をする人間がいなくなって危険だから、と暖房器具の使用は禁じられる。ストーブにも火鉢にも火の気はない。

両親や祖母の目を盗んで、ちらかった茶の間の炬燵《こたつ》に足をすべらせてみるのだが、あるかなきかの、素っ気ないぬくもりが伝わってくるばかり。そのうち、祖母に見咎められ、元気な子供がいったい何をやってるの、さあさあ、早くお父さんを手伝って、外で窓ガラスを洗ってきなさい、などと叱られる。

庭にはやわらかい冬の陽射《ひざ》しが満ちていて、遠くで父が水道のホースを手に、はずした木枠のガラス窓を洗っているのが見える。双子の妹たちが、水しぶきを見ながら歓声をあげている。

台所では母がおせち料理を作っている。温かい煮物の匂いがたちこめてくる。

家の中には、何かぴしっと背筋を伸ばしたくなる、芯のような気配がみなぎっている。気ぜわしさと、時間に対するわけもない名残り惜しさが、いっとき、子供らしからぬ感傷を生み出す。その一年間におこった出来事が、頭の中をいたずらにぐるぐる回る。

そして、足の裏だけが相変わらず冷たい……大人になった今でも、冷たい廊下や畳の部屋を歩くたびに、私はかつての大晦日の風景を思い出す。大掃除の後、青々と冷えきった畳の上をすべるように歩いた時の、あの乾いた音が甦《よみがえ》る。

大切な男友達を失った、あの年の大晦日も同じだった。丈夫だけが取柄だったような彼は、急性虫垂炎をこじらせ、腹膜炎を併発して呆気《あっけ》なく死んだ。

私は彼が、誰よりも好きだった。

昭和四十二年。私は十五歳、中学三年生だった。

大晦日の午後、祖母を手伝って、客間の床の間に下がっていた掛け軸にはたきをかけていると、母が縁側に立って「りっちゃん、ちょっと」と私を手招きした。白い木綿のエプロンをかけていた母は、祖母の目につかないところに私を呼び寄せた。窓が開け放された家の中はどこも冷えきっており、私の足の裏は、その時もやっぱり冷たくなっていた。

私が近づいて行くと、母は小声で「これ」と言い、小さな四角い風呂敷包みを差し出した。民芸調のくすんだ橙《だいだい》色をした風呂敷で、端のほうが少しほつれているのを丁寧に糸でかがった跡が見えた。

「お母さんが作ったおせち料理なんだけど」母は口早にそう言うなり、祖母に聞かれてはいまいか、と案じるようにして、客間のほうをちらりと盗み見た。「今すぐノボル君のお母さんに届けてあげてほしいの」

ノボルの名が、いともあっさりと母の口にのぼったことで、私は少なからず動揺した。私を気づかってか、母はそのころ、ほとんどノボルの話をしなくなっていたからだ。

「お正月なんだし。せめて、ね。気持ちだけ、と思って。でも、まさか、こんな時にお祝い用のお重に詰めるわけにはいかないでしょう？　だから、タッパーウエアに入れたの。見ばえは悪いんだけど、仕方ないわ。渡す時、そう言ってね」

母はそれから、さらに声をひそめ、唇に人さし指をあてがって「おばあちゃんには内緒よ」と言い添えた。

祖母は死んだノボルはもちろんのこと、その母親である大竹愛子《おおたけあいこ》を嫌っていた。愛子は昼間から酒の匂いをさせていることがあった。店をほったらかしにして、パチンコに行ってしまうこともしばしばだった。

ノボルを生んですぐ、ノボルの父親にあたる男と別れ、粗末なおもちゃ屋を営みながら女手ひとつでノボルを育ててきた人である。祖母がいつも人に求めるような育ちのよさ、素直さ、明晰《めいせき》さなど、かけらほども期待できず、愛子の表情に貼りついているのはただ、生活の疲れ、汚れ、諦め、惰性……そんなものばかりだった。

私がノボルと親しくなり、学校帰りに頻繁に会っていることを知った祖母は、繰り返し厳しく私を叱った。あんな育ちの悪い不良とつきあうなんて、律子らしくない、というわけである。祖母はどこから耳に入れてきたのか、ノボルの数々の悪行ぶりを数え上げ、あの子は小学校六年のころから、大人に隠れて煙草を吸っていた、とか、仲間と一緒になって、週末になると夜中に盛り場をうろついている、などと言っては大げさなため息をついてみせた。

嘘よ、そんなの、と私が懸命にノボルを擁護すると、祖母はその話を自分にしてくれた人間が、いかに信頼できる人間であるか、とうとうと述べ、第一ね、あなたのお父さんだって、真夜中にいかがわしい連中と一緒にうろついていた大竹君を何度か目撃してるのよ、と勝ち誇ったように言うのだった。

ノボルは自分が私の祖母に嫌われていることを知っていた。嫌われている理由もわかっていた。

よほど悔《くや》しく感じることもあったのだろう。一度だけ、「おまえんちの婆《ばあ》ちゃん、俺のこと嫌いだもんな」と口走ったことがある。学校帰りに肩を並べていつもの道を歩き、住宅地の真ん中を流れている川のほとりにさしかかった時だ。

その川は、かつては水も汚れてはおらず、タニシやザリガニが採れたため、子供たちに人気があったが、当時はすでにゴミ捨て場のような役割を果たしていたに過ぎなかった。台風が来るたびに増水し、付近の家々を水びたしにすることでも有名だった。川の両側は無粋なコンクリートで固められ、そのせいで川と呼ぶよりも下水のような印象を与えるらしく、中には常にアイスクリームのカップや割れたジュースの瓶、濡れそぼった大量のちり紙、煙草の吸殻、生ゴミなどが散乱していた。

その川には、どういうわけか汚れた川にはふさわしくないほど立派な石造りの橋がかけられていた。近所に住んでいる同級生がいなかったせいか、あるいはまた、川の周辺に私の家族の知り合いの家が一軒もなかったせいか、欄干にもたれて長話をしていても、誰かに見られ、からかわれたことは一度もなかった。

そんな気安さがあったのだろう。学校帰りにノボルと一緒になるたびに、私たちは橋の欄干で一休みをし、長々と思いのたけを口にするのが習慣になっていた。

「おばあちゃんはノボル君のこと、誤解してるだけ。何言われたって、気にすることなんかないよ」私はいつものように、橋の欄干に頬杖《ほおづえ》をつきながら言った。

「気にしねえよ、別に。ゴカイでもロッカイでも何でもしてくれ、ってんだ。どうせ、万引きしたとか、煙草吸ってるとか、そんなことばっかり言ってんだろ」

「そうだけど」

「ほんとなんだから仕方ねえけどよ」

「でも、私の前では煙草吸ったことないじゃない」

ノボルは黙っていた。私は欄干に両手をついたまま、ノボルを見上げた。「ねえ、石投げてやろうか」

「誰に」

「決まってるじゃない。うちのおばあちゃんによ」

馬鹿、と彼は私から目をそらして悲しそうに笑い、やおら足もとの小石を拾ったかと思うと、川底目がけて投げ打った。

小石は、川の中央付近に捨てられていた空き缶に命中した。私たちは手を打って歓声をあげ、祖母の話も頭にくる話も忘れて、十回小石を投げたら、何回命中するか、という子供じみた新しい遊びに夢中になっているふりをし合い、その日を境に、やがてどちらからともなく、祖母の話はしなくなった。

母から手渡された橙色の風呂敷包みを手に、私は通学用の紺色のオーバーを着て外に出た。風は冷たいが、よく晴れた気持ちのいい大晦日だった。

近所のあちこちの家で、大掃除が行われていた。畳を叩く音がしたかと思うと、水を流す音が響きわたり、どこかでつけっ放しにされているラジオの音楽が聞こえてくる。どこの家でも窓を開け放しているものだから、台所で包丁を使っている音や話し声までが、はっきりと聞き取れた。

駅前までは歩いて十二、三分。大竹ノボルの母、愛子が営んでいるおもちゃ屋は、駅裏のバラック建てになっている小さなアーケードの中にあった。

戦前からあったアーケードだと聞いている。固く踏みつけられた剝《む》き出しの地面の上に、鰹節《かつおぶし》や煮干しを売る乾物店、ミシン糸や針、ボタンなどの手芸用品を扱う店、漬物屋、手焼き煎餅《せんべい》屋などがまるで屋台のようにひしめき合って軒を連ねている。やる気があるのかないのか、どの店の店主も日がな一日、薄暗い店の奥の丸椅子に座って、ちんまりと背を丸め、ラジオの浪曲番組などに耳を傾けているのだった。

天井は低く、かろうじて雨露をしのいでいるだけのトタン屋根は、ちょっと雨が降ると、大声を出さないと何を言っているのかわからなくなるほどあたりに騒音をまきちらした。店の奥の一間を使って生活していた人が多かったせいか、それこそ早朝から深夜まで、その界隈《かいわい》にはうすぼんやりとした明かりが灯され、晴れた日には、アーケードの裏側に一斉に洗濯物がはためいた。

愛子のおもちゃ屋は、アーケードを入ってすぐ左側にあった。子供がわずかな小遣い銭で買えるような、安手のおもちゃばかりを集めてくるのはいいが、仕入れの量が多すぎて、収拾がつかなくなったらしい。店先はまるでゴミ箱をひっくり返したような乱雑さだった。

薄汚れたヨーヨーやしぼんだままの風船が天井からいくつも無愛想にぶら下がり、縁台には怪しげな着色料を使ったチュウインガム、いつ製造されたのか定かではないような、溶けかかったニッキ飴《あめ》などの入ったガラス瓶が重ねられている。メンコ、ビー玉の類は無数にあって、見分けすらつかない。かろうじておもちゃ屋らしい佇《たたず》まいを見せているのは、プラスチック製の刀、野球のバット、お面程度であり、他の商品は商品と呼ぶのもおこがましいほど埃《ほこり》にまみれ、色あせている。それでも学校帰りに立ち寄ってくれる小学生たちは多かったようで、彼らがポケットの中から後生大事に取り出す湿った小銭だけが、頼みの綱といった様子だった。

その日、店先に愛子の姿はなかった。アーケードの中は、大晦日ということもあって、新年のための買物に立ち寄った客で混雑していた。

「ごめんください」と私は店の奥に向かって声をかけた。「木所ですけど。おばさん、いますか」

中にあがったことがないからよくわからないが、店の奥には六畳ほどの和室があった。和室には小さなガス台と流しがついている。トイレは共同で、アーケードの裏側にくみ取り式のものが三つ並んでいた。

「木所りっちゃんかい？」暗く四角い穴のように見える和室から、愛子の声がした。眠たそうな声だった。「よっこらしょ。あんまり暇なんで、つい、うとうとしちまった」

座布団をはたくような音がし、愛子がのっそりと店先に姿を現した。大柄で色が黒い。毛玉の浮いた臙脂色《えんじいろ》のセーターに、ぞろりと長いキルティングのスカート姿。スカートには得体の知れない茶色のしみがたくさんついていた。

ノボルのようにぱっちりとした目はしておらず、愛子の目は細く切れた傷のように見える目だった。その目をさらに細めて、愛子は私を見つめ、だるそうな仕草で汚れたサンダルに爪先を突っ込んだ。

「これ、母が作ったおせち料理です。ほんの少しですけど、タッパーウェアに入れて持ってきました。あの……母がこんな時にお重に入れるのも変だから……って……」

「そんな心配、しないでいいのにさ」愛子は、脂《やに》がこびりついた黄色い歯を見せて笑った。笑い方がノボルに似ている、と私は思った。愛子が笑うと、顎の両脇に小さなえくぼができる。確かノボルも同じだった。そんな発見をしたのは初めてのことだった。

「ノボルもいないしね。この正月はお酒飲んで、寝ちまおうかと思ってたところよ。ほんとのこと言うと、今さっきもほんの少し、飲んだんだけど」愛子はいたずらっぽく言った。

「じゃあ、このおせち、お酒のおつまみにしてください」

「ありがたいねえ」愛子はすまなそうに首をすくめながら、恭しく風呂敷包みを受け取った。「仏壇に供えて、明日になったらありがたくいただくよ。ノボルも喜ぶわ、きっと。ぐうたらな母親のせいで、あの子ったら、まともなおせち料理も口にしないまま、死んじまったからねえ」

口をへの字に曲げた愛子の目に、光るものがあった。お願いだから、泣かないで、と私は祈った。愛子に泣かれたら、自分は店先に立ったまま、赤ん坊のように手放しで泣いてしまうに違いない、と思った。

ははっ、と愛子は涙を隠すようにして笑い、「仕方ないね」と言った。「ぐうたらは死ぬまで治らないからさ。お母さんによろしくね。ほんとに喜んでた、って伝えるんだよ」

はい、と私はうなずいた。再び鼻の奥が熱くなった。

それまで気づかなかったが、あふれんばかりにメンコが詰まった段ボール箱の上で動くものがあった。クロだった。クロは気持ちよさそうに身体を伸ばし、大きな欠伸《あくび》をした。

愛子が飼っている猫ではなく、ノボルが飼っていたわけでもない。ただのオスの野良で、ある日、ふらりと駅のほうから現れ、店先に居ついてしまったというおとなしい黒猫だった。

「クロ、クロ」私は手をさしのべた。

「以前は猫が嫌いだったけどね。目を離すとすぐにお膳の上のものを盗む悪党だからね。でも」と愛子は言い、クロの身体を乱暴に撫でた。「変だよね。ノボルに死なれてから、クロが可愛くてさ。姿が見えないと寂しくて寂しくて」

「おせち料理、クロも食べるかしら」

「そりゃあ食べるよ。ね、クロ。二人きりのお正月だよね」

また泣きたくなってきた。胸が詰まり、喉が痛んだ。

私は「それじゃ」と慌ただしく愛子に頭を下げ、その場を離れた。

あはは、と後ろで愛子の淀《よど》んだ笑い声が響いた。「りっちゃん、見てごらんよ。クロがあんたのこと、追いかけて行くよ」

振り返ると、クロがいつのまにか、私の足もとにいた。金色の大きな目が私を見上げ、無表情に瞬いた。

クロはいつもノボルの傍にいた。学校の帰り、私とノボルがあの橋の欄干に寄りかかりながら話に熱中していた時も、クロは時折、どこからともなく現れて、私たちの足もとにすり寄り、掠《かす》れた声でにゃあと啼《な》いた。

給食にクロの好物が出ると、ノボルは少し残してちり紙にくるんで持ち帰った。そんな時、不思議なことにクロはまるでわかっていたように橋のたもとに姿を現す。冷えた串カツの残りとか、水気を失って干からびかかったマグロの照り焼きのかけらなどをクロは旨《うま》そうに喉を鳴らして食べた。

そんなふうに、いつもクロが寄って来た橋だったので、私とノボルは密かにその橋を「猫橋」と名付け、二人だけの暗号のようにして使っては楽しんだ。ねえ、今日は猫橋んとこでアイスクリーム食べようか、とか、その話は猫橋に着いてからしようよ、といった具合に。

ノボルはもういないのよ、と猫に向かって胸のうちで話しかけると、こらえていたものが堰《せき》を切ったようにあふれ出した。行き交う人々が、驚いた顔をして私を見た。私は走り出した。

しばらく走って立ち止まり、振り返った。どういうわけか、クロは私のすぐ後ろまで来ていて、どうして逃げるのさ、とでも言いたげに、素っ気なく小さなくしゃみを一つした。

それにしても、あの年の秋から冬にかけて、いったい私は何度、泣いたことだろう。

学校から帰る道すがら、いつもの街角を曲がり、いつもの風景を眺め、いつもの猫橋のたもとに行き着くと、泣けて泣けて仕方がなくなる。ノボルが死んだというのに、どうして同じ風景が残されているのか、と腹立たしい気持ちにかられ、いっそ鉄砲水でも出て、川が氾濫してしまえばいい、そうすれば、あたりの家々や電柱が飲み込まれて、風景が一変し、こんなに苦しまなくてもすむようになるだろう、と本気で考えるほどだった。

友達の間で、彼の思い出話が出た時も、決まって私は目をうるませた。私の目に涙の気配をみとめると、必ず相手も涙ぐむ。互いを慰め合っているうちに、本気で泣きたい気分になり、やがて私と友達は抱き合って、しくしくと泣き始める。

だが、そんな時でも、私は心のどこかで、いま自分と一緒に泣いてくれている少女が、決して生前のノボルを好いてはいなかったこと、それどころか、軽蔑すらしていたことを冷やかに思い返していた。彼女がノボルの死を悼んでいるように見えるのは、生前の彼に友情を感じていたからではない。それらは思春期にありがちな、ただの少女趣味的な感傷だった。彼女たちは、同級生の突然の死、というドラマティックなできごとに興奮し、自分自身に向けて幸福な涙を浮かべているに過ぎなかった。

大竹ノボルは、あまり人に好かれない少年だった。とりわけ女生徒には嫌われていたと言っていい。

背が高く、運動神経も抜群だった。よく見ると美男子とは言えないまでも、彫りの深い魅力的な顔立ちをしていた。そんな彼が何故、女生徒にあれほど嫌われなければならなかったのか、私にはよくわからない。

確かに成績のほうは呆れるほど悪かった。英語のアルファベットすら、満足に最後まで書けたかどうか怪しいほどである。授業中は居眠りをしているか、漫画本を読みふけっているか、卑猥《ひわい》な絵をノートに描いてはまわりの男の子たちに回して悦にいっているか、いずれかだった。

期末試験の時は平気で白紙答案を出した。教師が厳しく注意してもいっこうに直らず、放課後、強制的に補習授業を受けさせられた後でも、態度は同じだった。年齢相応のしゃれっ気だけはあったようで、常に櫛《くし》を使って髪の毛をとかしていたが、てらてらと黒光りした学生服の金ボタンはいつも半分、取れかかっており、どうかするとボタンのないまま、カーディガンのように学生服をはおって登校してくることとさえあった。

学校内には、誰もが不良と認める特殊なグループがあり、ノボルはその一員でもあった。昼休みともなると、廊下の片隅の暗がりにノボルをはじめとする不良たちが集まって、陰険な目つきでポケットに両手をつっこみ、貧乏ゆすりをしながら低い声で何かぶつぶつ囁き合う光景が見られた。

不良たちが実際に何をやっていたのかは知る由もない。学校の近所の文房具店で集団で万引きをしたとか、喫茶店で喫煙し、ビールを飲んでいたとか、その程度のどこにでも転がっていそうな他愛《たわい》のない噂話《うわさばなし》が伝わってきただけである。大層な悪行を繰り返していたとはとても思えないのだが、今に比べればのどかだったあの時代、それだけでも不良の烙印《らくいん》を押されてしまうのは、致し方のないことだったかもしれない。

女生徒たちにとって、不良グループのメンバーはおしなべて気味の悪いものでしかなかったようだ。彼女たちはたいてい、学級委員長や生徒会長をつとめるような、成績のいい人望のあつい男子生徒に恋をしていた。だめな生徒は彼女たちにかかると、やっぱりだめなのであった。どれほど運動神経がよくても、どれほど魅力的な容姿をしていても、彼女たちは母親ゆずりのまっとうで健全な選択眼のもとに、恋の対象を選び、対象からはずれた人間を軽蔑するのだった。

女でありながら不良グループと親しくつきあっていたのは、寺沢園子《てらさわその こ》という名の、とても同年齢とは思えない、ませた女の子だけである。そもそも私がノボルと親しく口をきくようになったのも、その寺沢園子の事件がきっかけだった。

中学三年になった年の五月、放課後の掃除当番にあたっていた私は、一緒に掃除していた寺沢園子が、突然、口をおさえて教室から飛び出して行くのを見た。気分が悪くなったらしい、ということはわかったが、たまたま周囲には男子生徒の姿しかなかった。些細《ささい》なことを面白がって性的な噂話に作り替えることにかけては、天才的な力を発揮する年頃の少年たちである。もし、園子が生理か何かで気分が悪くなったのだとしたら、大声で騒ぐのは気の毒だ、と私は判断した。

トイレに行ったのだろう、と見当をつけ、廊下の突き当たりにある女子トイレまで行ってみた。案の定、園子は手洗い台に向かって身体を二つに折り、げえげえと苦しそうに音をたてて食べたものを吐いていた。

私は駆け寄って行き、園子の背をさすってやった。園子はされるままになっていた。

「誰にも言わないでよ」一通り吐き終えると、園子はうつむいたまま、掠れた声で言った。

「いいけど……どうして？」

「私が吐いてると、妊娠したって思われるから」そう言うなり、園子は蛇口から両手で水をすくい、可笑しくもないのに、くくっ、と短く笑って口をゆすぎ始めた。

何をすれば妊娠するのか、私はまだはっきりと把握していなかった。男と女が何かをする……そこまではわかるのだが、その〝何か〟が何なのか、わからなかった。そこには禁断の仄暗《ほのぐら》い闇が拡がっていた。私はうろたえた。

「黙っててね。お願いよ」園子は蛇口を締めると、背筋を伸ばし、スカートのポケットから水玉模様のハンカチを取り出し、口もとを拭った。

その顔は紙のように白かったが、吐いたせいで涙ぐんだ目もとだけが赤くうるおい、園子はひどく大人びて見えた。

成績のほうは最下位に近かったが、もともと校内でも一、二を争うほど発育のいい生徒だった。誰よりもおっぱいが大きいというので、男子生徒が卑猥な冗談を飛ばしているのを聞いたことも何度かある。

園子は私の見ている前で、セーラー服の胸元のホックをはずし、勢いよく手をさしこんで、腋《わき》の下をハンカチで一拭きした。木綿の白いブラジャーの奥に、こんもりと盛りあがった乳房が見えた。乳房にはうっすらと汗が光っていた。眩《まぶ》しいほどの大きさだった。私は思わず目をそらした。

園子は「もう平気よ」と怒ったように言うと、私に背を向け、鏡に向かって自分の顔を点検し始めた。私は黙ってその場を離れた。

寺沢園子が妊娠している、という噂が学校中を吹き荒れたのは、それから一週間ほどたってからである。誰もがひそひそと園子のことを話題にした。さすがにいたたまれなくなったのか、園子は噂がたった翌日から、学校に姿を見せなくなった。

放課後、人けのなくなった昇降口で、大竹ノボルに声をかけられたのは、そんな時だ。ノボルとは同じクラスなのに、それまでろくに喋ったこともなかった。だから彼からいきなり、「おい、木所」と苗字《みようじ》を呼ばれた時は、ああ、この人は私の苗字を知っていたんだ、と妙なことに感心した記憶がある。

「話がある」と彼は低い声で言った。

今にも雨が降りだしそうな薄暗い午後だった。ノボルは一人だった。私も一人だった。まわりに不良仲間はおろか、教師も他の生徒も誰一人としていなかった。

告白すると、私は少し怖かった。ただのクラスメイトなのに、怖がるのはおかしい、と思いつつ、それでもやっぱり怖かった。ノボルはズボンの両ポケットに手を入れたまま私を見おろし、中年男のように、ちっ、と舌を鳴らして奥歯のあたりをせせった。彼は私よりも頭一つ分、背が高く、肩幅も広くて、とてつもない大男に見えた。

「正直に言えよな。正直に言ったら許してやるから」

「何の話？」

「園子だよ」

「園子？」

「寺沢園子だよ」

いやな予感がした。説明のつかない恐怖感が私の中に拡がった。それでも私は平静を装った。

「寺沢さんがどうしたの」

「おまえ、噂を流したろ」

「噂って……？」

「とぼけんなよ。園子が便所で吐いてたのをつわりだ、ってみんなに言いふらしただろ。見られたのは木所だけだ、って園子のやつ、言ってたしよ。あんなくだらねえ噂を流したのは、おまえしか考えられないんだよ」

私は肩をいからせた。園子がどうあれ、園子と交わした約束は約束である。事実、私は園子が放課後、苦しそうに吐いていた話を誰にも言わなかった。

「私じゃないわよ」私は言った。少し声が震えていたが、そんなことはどうでもよかった。私は続けた。「何の証拠があって、そんなこと言うのよ」

へっ、とノボルは喉の奥で笑い、「おまえじゃなかったら、誰なんだよ」と言った。

知らないわよ、そんなこと、と私は言い、言った途端、急にばかばかしくなって、ノボルを睨《にら》みつけた。「誰が言いふらしたのか、こっちだって知りたいところよ」

「園子は妊娠なんかしてないぜ」ノボルは両手をズボンのポケットに突っ込んだまま、ぴょんぴょんと軽く飛びはねながら言った。「あの日、〝コバヤシ〟で買い食いしたクリームパンにあたっただけなんだってさ。食い意地はらして、くだらねえもんを食うから、こんなことになる。くそったれ。あそこの店は腐ったパンを平気で売りつけやがるんだ」

〝コバヤシ〟というのは、学校の隣にある小さなパン屋だった。各種菓子パンの他にアイスクリームや砂糖菓子、毒々しい色のジュースなどを売っており、私も時々、パンを買いに行ったことがある。衛生観念の希薄な老人夫婦が経営していたから、腐ったクリームパンを売っていたとしても不思議ではなかった。

「そう」と私は言った。「どうせ、そんなことだろうと思ってた。ともかく、噂を流したのは私じゃないわよ。誰にも言わない、って寺沢さんと約束したんだし。別に誰かに教えなくちゃいけないほど、大げさな事でもないでしょ」

だいたい、男女の交合の仕方さえ、まだはっきりと知らずにいた人間に、どうして園子がつわりで吐いていた、などという噂を流せるはずがあろうか。妊娠のメカニズムはおろか、私はつわりの何たるかもよくわかっていなかったのだ。

だが、そのことについてはむろん、私はノボルには何も言わなかった。私は性的な問題なら何でも知っている、何でも知りたいことは教えてあげる、という顔を作り、できるだけあっさり聞こえるように付け加えた。

「ああいうのは、つわりとは言わないわ。あれはただの食あたりよ。見ててすぐにわかったもの。ほんとよ。女だったら、そんなことくらい、誰だってわかるわよ」

ノボルは何も応えなかった。彼はポケットから手を出し、尊大な態度で腕組みをした。前ボタンが半分ほどはずされたままになっている学生服の下には、薄汚れた白いランニングシャツが覗いて見えた。

ふいに外に雨の気配があった。大粒の雨だった。雨は昇降口の屋根をまばらな音をたてて叩き始めた。

「俺は別に園子をかばってるわけじゃないんだぜ」ノボルは言った。「あいつは俺たちの仲間だけど、別に俺の恋人でも何でもないんだしよ。ただ俺は、くだらねえ噂を流す奴《やつ》は許せない性分でね。女だろうと男だろうと、そういう奴はこてんぱんに殴りつけてやりたくなる」

「じゃあ、そういう奴を見つけて、こてんぱんに殴ってやってよ」私はそう言い、靴箱から靴を取り出して履き替えた。「私だってそう思うわよ。くだらない噂を流す奴は、金輪際、許せないもの」

ノボルは黙っていた。私は脱いだ上履きをゆっくり靴箱に戻し、彼を正面から見つめた。「ねえ、傘持ってる?」

「いや」

「大竹君が持ってるわけないわよね。聞くだけ無駄だった」私は不器用に笑いかけた。ノボルは無表情のままだった。

ノボルの見ている前で学生鞄《かばん》から大判のハンカチを取り出し、私はそれを頭にかぶった。「仕方がない。走って帰るわ。じゃあね。さよなら」

昇降口の外は、思っていたよりも強い吹き降りだった。私はすぐに後悔した。だが、そこで引き返せば、またノボルと顔を合わせることになる。あんな会話を交わした後では何とも間が抜けているし、第一、何を話せばいいものやら、わからない。仕方なく走り続けていると、ふいに後ろで地響きのような足音がした。私は驚いて振り返った。

ノボルだった。彼はこれ以上つぶすことができないと思われるほど扁平につぶした学生鞄を小脇に抱え、黒い大きな傘をさしながら私のほうに向かって一目散に走って来た。

「誰のか知らないけどよ、職員室の前に立てかけてあったやつを盗んできた。送ってやるよ。うちはどこだよ」

断る間もなく、ノボルは私に傘をさしかけた。私たちは一本の傘におさまって肩を触れ合わせることになった。日向《ひなた》くさいような匂いがし、それがノボルの体臭だとわかると、私は少し怖くなった。同じ年頃の異性とそれほど接近したのは、およそ初めてのことだった。

彼は彼なりに照れていたのかもしれない。ノボルの歩調はあまりにも速かった。彼に合わせて必死になって歩いているうちに、息が切れ、足がもつれてきた。

もっとゆっくり歩いてよ、と私が言うと、ノボルは怒ったような顔をして私を見た。だが表情とは裏腹に、たちまち彼の歩調はゆるくなった。

ありがとう、と私は小声で礼を言ったのだが、大人びた口調で礼など言っている自分が何だかいやらしく感じられたので、すぐにふざけてつけ加えた。「大竹君って、見かけによらず、けっこう優しいんじゃない」

何か言い返してくれるものと思っていたのに、待っても待っても返事はなく、何やら一層、日向くさくなった彼の体臭が、雨の匂いと共にふわりと鼻孔をくすぐっただけだった。


その日から、私とノボルは時々、一緒に学校から帰るようになった。示し合わせていたわけではもちろんない。私の家の近所にはクラスの親しい友達の家が一軒もなく、登下校の際、私はたいてい一人だった。また、ノボルは学校から家にまっすぐ帰らずに、いつもあたりをぶらぶらしていた。

そんな私たちの間で、あの雨の日以来、なんとなく一緒に学校から帰るという習慣が生まれたわけだが、今から思えば、きわめて不自然ななりゆきではある。初めから互いに何か意識し合うもの、惹《ひ》かれ合うものを持っていたとしか考えられない。

だが、当時の私は、彼と一緒に学校から帰るということは純粋に自然な行為である、と考えていたかった。互いに何も意識していないからこそ、そうすることができるのだ、と。私がノボルに感じていたのは、友情だった。それ以外の感情はなかったし、生まれるはずもない、と私は思いこんでいた。

校門の前あたりで私が友達に大声で別れを告げ、一人で歩き始めると、どこからともなく風のようにノボルが現れる。一緒に帰ろうと声をかけてくるでもなく、まして、送るよと言うでもない。ただ何となく、私の横につかず離れず並んで歩き、この人は私を待っていてくれたのか、と驚くのだが、「私を待っててくれたのね」と聞けば「まさか」と、人をむっとさせるような鼻白んだ笑いをもらす。

「なんで俺が、おまえを待ってなくちゃいけないんだよ。え？　この俺がだよ。なんでおまえなんかを待ってなくちゃいけないんだよ。アホくさ」そう言って、彼は空に向かってげらげら笑う。

彼は、扁平につぶれた学生鞄を高く投げ上げたり、わざと大きな音をたてて溲をすり上げてみせたりし、やたらと落ちつかない素振りを見せる。誰かに見られたらいやだな、と内心、思いつつ、それでも気がつくと私はどうでもいいような世間話をし始め、彼もまた熱心にそれに応じ、私たちはいつのまにか、笑ったりふざけ合ったりしながら、猫橋のあたりにさしかかっているのだった。

もしも大竹ノボルが、桜木《さくらぎ》千鶴《ちづる》への淡い恋心を私に告白してこなかったとしたら、私も門馬《もんま》亮一《りょういち》について何ひとつ、彼には話さなかったと思う。

「俺さ、好きな女がいるんだ」そんなふうにノボルが猫橋の欄干にもたれて私に打ち明けたのは、その年の六月、梅雨に入って間もなくのことだった。

いっとき雨があがり、雲間から太陽が覗いて、夕暮れの街並みには瑞々《みずみず》しい光があふれていた。

「誰よ」と私は勇んで聞いた。

あててみろよ、とノボルは言った。

「クラスの子？」

「うん」

「きれい？」

は笑った。

「中ぐらい」

「背が高い？」

「まあな」

私は該当すると思われる何人かの女生徒の名をあげた。どれも違う、とノボルは笑った。

もしかするとこの人は私のことが好きなのかもしれない、今、そのことをここで告白しようとしているのかもしれない……そんな愚かでおめでたい空想が一瞬、私の頭の中を駆けめぐった。

それは本当に愚かな想像だった。思い返しても顔が赤くなる。ノボルは呆れたように、おまえ、アホか、と言った。「誰でもわかる女の名前を忘れてんじゃないか」

「誰でもわかる、って？」

「クラスで一番、モテる女は誰だよ」

ああ、と私は言った。胸の中に、乾いた砂のようなものがこぼれていくのを感じた。「桜木さんか」

ノボルは満足げにうなずいた。

桜木千鶴はクラスの副委員長であると同時に、陸上部のキャプテンだった。成績は抜群で、おまけにそのことを鼻にかけず、姐御肌《あねごはだ》で面倒見がいいことから、異性はもちろん、同性の人気度も高かった。悩みごとを抱えているクラスメイトを見ると、大まじめに相談に乗ってやり、自分あてに恋の告白をしてきた男子生徒を見かけると、気さくに微笑みかけては、「おはよう」などと声をかける。鍛え抜かれた健康的な身体は固そうで、やや女性らしさに欠けるところもあったが、そのわりに顔は小作りで愛らしかった。父親は外資系の有名企業に勤めており、千鶴自身、二歳になるまでニューヨークで暮らしていたらしい。家庭環境の点でも申し分なく、千鶴のまわりにはどんな時でも、輝くような空気がみなぎっていた。

千鶴の名がノボルの口から出たことで、私は何だか、肩すかしをくらったような気持ちになった。ノボルが好きになる女の子は、たとえば寺沢園子のように、誇れるものはおっぱいの大きさと、成熟しきった身体つきだけ、と言わんばかりの、頭のからっぽな、それでいていつも心に傷を負って生きているような繊細な女の子であってほしい、と思っていた。誰もが憧れる、桜木千鶴のような健康的で優秀な女の子にノボルが恋をするというのは、何か途方もなく間違っていることのように私には思えた。

「だったら私も告白するけど」私は対抗して言った。「私にだって好きな人、いるのよ」

「知ってるよ。門馬だろ」

私は目を剝いた。「なんで知ってるの」

ノボルは猫橋の欄干を両手で握り、鉄棒でもするように、ゆっくりと上体を倒した。

「俺たちの間では有名な話さ」逆様になった顔が、私を見上げてそう言った。「おまえ、門馬が通るとじっと見つめるもんな」

その通りだった。私には門馬亮一が廊下を通ると、我を忘れてじっと見つめる癖があり、そのことで度々、女友達にからかわれてもいた。

「全然美人じゃないけど、木所律子ってやつは、目つきが色っぽい、って俺たち言ってたんだぜ」

「美人じゃなくて悪かったわね」私はノボルの足をぴしゃぴしゃと叩いた。「川に突き落としてやる」

あはは、とノボルは笑い、身体を起こした。

門馬亮一はサッカー部の部員であり、ノボルたち不良仲間の一人でもあった。とりたてて美男子だったわけではない。少年らしい美しさの点から言えば、遥《はる》かにノボルのほうが魅力的だったと思われる。

それでも門馬亮一には、何か私の気を惹いてやまない翳《かげ》りのようなものがあった。その翳りは、たとえて言えば、多くの女の子たちを群がらせる種類の健全な翳り、ポーズとしての翳りではなく、むしろまったく別の、ただひたすら憂鬱そうな、だからこそつい、吸い込まれていきそうになる、そんな危険な気配が漂う翳りだった。

「いいこと教えてやろうか」ノボルが言った。「門馬のやつ、ひょっとするとひょっとだぜ」

「どういう意味?」

「おまえのこと、悪く思ってないみたいだからさ」

嘘言わないで、と私は言った。「からかってるんでしょ」

「へえ、赤くなってやんの。純情なんだな」

「ほんとに川に突き落としてやるから」

私がノボルの身体を両手で叩くと、ノボルは、ひいひい、と声をあげながら橋の上を逃げ回り、しまいに私たちは顔を見合わせて笑い合った。

猫橋には、葉を繁《しげ》らせた大きな椎《しい》の木が影を落としていた。夕暮れの風が木の葉を揺らして通り過ぎた。

笑いがおさまってから、私たちは改めて橋の欄干にもたれ、互いの好きな相手に関する話を始めた。

何故、好きなのか、何故、憧れるのか、稚拙な言葉を総動員しながら、精一杯、正直に表現し続けたはずなのだが、何をどう話したのか、残念ながら、ほとんど覚えていない。覚えているのは楽しかったことだけだ。何か楽しい、わくわくするような、はずむような気持ちが私の中に生まれ、その気持ちはたちまちノボルにも伝染したようだった。

その日、あたりが薄暗くなって、家々の窓に明かりが灯されるころになっても、私たちは猫橋にいた。空腹感も覚えなかった。時間が流れたことすら、感じなかった。

暗くなって互いの顔の輪郭が見えにくくなったころ、クロが現れ、ノボルの足もとにまつわりついた。私はクロを抱き上げた。クロはおとなしくされるままになっていた。

「ずっとこうやって」ノボルは欄干にもたれたまま、意味もなさそうに地面を蹴りつけ、うつむき加減に言った。「……おまえと喋ってたいな」

私は聞こえなかったふりをし、鼻唄を歌いながらクロの髭を撫で続けた。何故だろう。うなずくのが怖かったのかもしれない。うなずいたら最後、それまで自分が属し続けてきた木所という家、両親、祖母、姉妹などというものが、一切合切、どうでもよくなり、猫橋の欄干にもたれながら、死ぬまでノボルと喋り続けてしまいそうで、怖くなったからかもしれない。

その年の夏休み、私は塾の夏期講習に通う羽目になった。高校受験が翌年に迫っていたというのに、のんびり屋の母は私に一度も勉強しろ、とうるさく言ったことはない。代わりに父と祖母が何やらひどく焦っていて、私の知らないうちに受講の手続きを終えてしまったのだった。

講習が行われていた塾は、最寄りの私鉄の駅から電車に乗って三つ目、駅前広場に面した大きなビルの中にあった。午前十時から昼食をはさんで午後三時まで。月水金の三日間、受講を終えてビルの外に出ると、決まってそこにノボルの姿があった。

私たちはそのまま夕方の蒸し暑い電車に乗って帰り、駅裏のアーケードの中にある愛子の店に寄った。愛子はいつも私を歓迎し、毒々しい色をした粉末のオレンジジュースを作ってくれた。ジュースのコップには、近所の氷屋から分けてもらったという透明な大きな氷の塊が入っていた。

アーケードの中は、信じられないほど暑かった。いつ見てもあせもができている愛子の首すじには、大量の天花粉《てんかふん》をはたいた跡があった。愛子は私やノボルが見ている前で平気でスカートをめくり上げ、大胆な手つきで股の間にうちわの風を送った。それを見るたびに、ノボルは呆れた顔をし、「げっ」と異様な声を出してみせた。

愛子に別れを告げてからは、ぶらぶらと二人で猫橋まで歩いた。たいていクロが後をついて来た。姿が見えない時は、ノボルと二人で、クロ、クロ、と呼びかけた。クロは決まって嬉しそうに建物の裏手から走り出て来て、猫橋までの道を私たちのお供をしながら歩いた。

あの夏、猫橋のあたりを通りかかった人は、背の高い、どこから見ても不良にしか見えない派手なシャツを着た少年と、鞄を手にした痩《や》せっぽちの色黒の少女とが、一匹の黒い猫を間にはさんで長々と、飽きずに笑ったり喋ったりしている光景を何度も目にしたことだろう。

猫橋のたもとの大きな椎の木は、ますます葉を生い繁らせ、くるくるとすばしこく動く無数の木もれ日を橋の上に落としていた。街には夏の夕暮れ時のざわめきが満ちていたというのに、猫橋だけが静かだった。

私たちはそこで必ず、桜木千鶴の話と門馬亮一の話に花を咲かせた。「これでも私、夢中なんだから」「俺なんかそれ以上だぜ」「門馬君ほど胸がきゅーんとなる人って、いないもの」「千鶴を見てるだけで幸せになるもんなあ」「考えただけでドキドキしちゃって」「ああ畜生、会いてえなあ」「ここにいるのがノボル君じゃなくて門馬君だったら、どんなにいいだろう」「うるせえな、おまえこそ、千鶴と交代しろよ」……そんな他愛のない会話が延々と続き、時には質問をしたりされたりして話がはずむ。だが、一通り、話が一巡してしまうと、もう何も他に話すことがなくなったような、何か疲れ果てたような感じにとらわれて、時々、私は口を閉ざした。

私が話をやめると、ノボルもまた黙りこむ。けだるいような気分があたりに押し寄せてきて、落ち着かなくなる。

街並みの向こうに真夏の太陽が沈みかけているのが見える。ぎらぎらとした残照が、橋の上にいる私たちを舐《な》めるように被い尽くす。喉が塞がるような切ない気持ちにかられ、私はノボルを見上げるのだが、ノボルは眉間に皺を寄せたまま完璧に私を無視する。

「何か怒ってるの？」と私は聞く。

別に、と彼は言う。

「嘘。今日のノボル君、何だか変」

「変なのはおまえのほうじゃねえか」

「私は全然、変じゃないわよ」

「突然、黙っちまいやがって」

「ノボル君だって同じじゃない」

「ふん。どっちだっていいよ、そんなこと」ノボルは低い声でそう言うなり、ふいに地面に腰を下ろしてクロの身体をきつく抱きしめる。

クロは苦しがって身悶えする。ノボルが力をゆるめてやると、猫は何事もなかったようにするすると柔らかな身体を彼の膝になすりつけて甘え、そんな猫の仕草を見ていると私は余計に切なくなってくるのだった。

元気だったノボルと最後に二人きりで会ったのは、九月の半ば頃である。ちょうど大型台風が近づいていた日で、未明から降り出した雨が、昼近くに豪雨となったため、学校側は授業を午前中で中断する措置を取った。近くの電線がひゅうひゅうと唸《うな》り声をあげている中、私はノボルといつものように猫橋に向かって歩き続けた。傘は役に立たなくなっていたので、私は紺色の雨合羽を着、頭からフードをかぶった。ノボルは、どこかで拾ってきたような骨の折れた黒い傘をさしていたが、強風のせいで彼はずっと、くそったれ、と怒鳴り続けていた。

「今日はまっすぐ帰ろうね」私は風の中で目を細めながら言った。いつもよりも大声で喋らないと、相手に届かないほど風の音が強かった。

「おまえを送ってから帰るよ」ノボルは言った。

「だったら、うちに寄ってけばいいわ。お父さんの雨合羽、貸してあげるから」

「いらねえよ、そんなもん」

「だめよ。今だってもう、びしょ濡れじゃない」

「うるせえな」

「わかった。おばあちゃんと顔を合わせるのがいやなんでしょ」

「関係ねえよ。黙ってろ」

ノボルは突然、立ち止まり、降りしきる雨の中で私を睨みつけた。横なぐりに吹きつけてくる風が、彼の髪の毛を草のようになぎ倒した。

「送ってやる、って言ってんだ」彼は吐き捨てるように言った。「台風なんだぜ。おまえが心配なんだよ。それだけだよ」

何故、突然、あんなことが起こったのか。あの日の台風、局地的集中豪雨は、神様のいたずらだったのか。私とノボルとを永遠に切り離すために、天が仕掛けた罠《わな》だったのか。

猫橋にさしかかった時、私たちはそろって立ち止まり、息をのんだ。濁った川の水が、橋の上まであふれ出していた。どこからどこまでが橋なのか、ほとんど見分けがつかなくなっており、その下を茶色の濁流が、ごうごうとうねり、音をたてて流れているのが見えた。

わざわざ猫橋を渡らなくても、少し戻って別の道を行けばいいことだった。そう言おうとして、ノボルを見上げた時である。彼が傘ごと近づいて来て腰をかがめたかと思うと、いきなり私の身体はふわりと宙に浮いた。

「何すんのよ」私は大声でわめきながら、足をばたつかせた。「おろしてよ」

「いいから俺の首につかまってろ。動くな」

「何よ、これくらいの水たまり。一人で歩けるってば」

「おまえ、意外と重いんだな。何キロあるんだよ」

「おろしてって言ってるでしょ。いやらしいことしないでよ」

私が烈しく暴れたので、ノボルは足もとのバランスをくずしそうになった。二人の身体が大きく揺れた。はずみで、ノボルがそれまで不器用に私にさしかけてくれていた傘が、彼の手から離れた。傘は壊れたパラシュートのように風に流され、あっという間に濁流に飲みこまれていった。

馬鹿野郎、と彼は怒鳴った。

大粒の雨が私の着ている雨合羽を叩きつけた。風で合羽のフードがはずれ、雨が顔を直撃してきた。私は思わず顔をそむけ、ノボルの首に両腕を回した。

すぐ目の前にノボルの顔があった。夏に愛子が作ってくれたジュースの匂い、アーケードの中の汗の匂い、かすかな煙草の匂いがした。

額にはニキビの跡が見えた。黒くつややかな長い睫毛が、水滴の中で瞬いているのが見えた。鼻の下に、灰褐色の柔らかな髭がうっすらと生えそろっているのが見えた。どこもかしこも濡れていたが、それゆえいっそう、彼はいつもの彼ではない、別の人間、別の大人の男であるような感じがした。

私は言葉を失った。身体が硬くなり、硬くなっているくせに、身体の奥底にある芯のようなものが柔らかく溶け始めている……そんな奇妙な感覚が私を襲った。胸の奥に鼓動が鈍く響きわたった。

水に浸《つ》かった橋を渡りきると、ノボルはいささか乱暴とも思える手つきで私を地面に下ろした。

暴れてごめん、と私は小声で言った。ノボルは私をじっと見ていた。私も彼を見つめ返した。

雨に濡れそぼったノボルの小鼻が大きくふくらみ、再び閉じるのがわかった。風の音よりも大きな、震える吐息のようなものが彼の口から長々ともれた。

怖くなったが、逃げたいとは思わなかった。私はノボルから目を離さなかった。何かが起こるような気がした。だが、それが何なのか、自分でもよくわからなかった。

二人で濡れねずみになりながら、どのくらいの間、そうやっていたのだろう。数秒だったのか。それとも数分だったのか。

突然、ノボルは私から目をそらし、「じゃあな」と言った。まるで憎んでいる相手にでも言うような言い方だった。

私は我に返った。「ここで帰るの？」

「うん」

「どうして？」

「どうしてもさ」

私はそっと、脱げてしまっていた合羽のフードを頭にかぶった。濡れた髪の毛が冷たく頰に貼りついた。

「服を着たままプールに入ったみたい」

「ああ」

「風邪ひいちゃうね」

「平気さ、これくらい」

「気をつけて帰ってね」

「ああ」

「また明日」

返事はなかった。雨の中、ノボルはつぶれた学生鞄を小脇に抱えたまま、再び猫橋を渡って去って行った。

その後、ノボルは学校の廊下ですれ違っても目くばせひとつせず、学校帰りに私を校門の外で待ってもくれなくなってしまった。何故なのか、見当もつかなかった。教室で手紙を渡し、理由を訊《たず》ねてみたこともある。だが、彼は返事をくれなかった。

休み時間ともなると、ノボルは廊下の片隅で不良仲間たちと一緒に、何やら隠し持っていたいかがわしい写真を覗き合いながら、品のない笑い声をあげるようになった。学生服はあの時の雨のせいか、いつ見ても皺だらけだった。ズボンの折り目は完全に消えていた。

十月に入り、しばらく欠席が続いていたと思ったら、担任教師の口から、大竹ノボルの入院を知らされた。急性の虫垂炎だということだった。

誰もが大したことはない、と思っていたのだが、入院わずか二日後に容体が急変し、ノボルは帰らぬ人となった。虫垂炎だとは知らずに、病院にも行かず、母親である愛子にも痛みを訴えず、いつか治るものと信じて我慢を重ねていたらしい。重症の腹膜炎を併発しての急死だった。

大竹君が、昨夜遅く亡くなりました……朝、教室で担任教師が重々しい口調でそう告げた時、私はたまたま小型ナイフで鉛筆を削っていた。私は口を開け、宙を見つめ、ナイフの刃を強く握りしめた。近くにいた女生徒が、けたたましい悲鳴をあげた。

あの時、掌《てのひら》にできた真一文字の傷は、今もかすかに残っている。

愛子の店を出てから、ずっと私の後についてきたクロは、猫橋のたもとまで来ると、あたりをぐるりと見渡し、目を細めた。

わかる？　と私はクロに話しかけた。「ここでノボル君と三人でお喋りしたでしょ。覚えてる？」

わかったのか、わからないのか、クロは見事な跳躍ぶりを見せながら、ひょいと橋の欄干に飛び乗った。うまいうまい、と私は手を叩いた。クロは尾を立て、くんくんと欄干の匂いを嗅ぎ始めた。

年の瀬らしい街の賑わいが、遠くに聞こえた。時折、車が行き交った。荷台に花をいっぱいに載せた自転車が通り過ぎた。いつもの焼芋屋のおじさんが、焼芋を売る声が風に乗って聞こえてきた。

だが、相変わらず猫橋は、どこかひっそりと穏やかだった。その場所だけが、時間から切り離され、人の営みから解放されて、ただゆっくりと、冬の光の中でまどろんでいるようだった。

私は欄干にもたれ、軽く目を閉じた。欄干にいたクロが私から離れ、音をたてずに地面に下りた。

その時だった。穏やかに満ちあふれ、凪《な》いだ海のように拡がっている淡い冬の陽射しの中に、私はふと、異形のものの気配を感じ取った。

自分にその種の力があることを私は忘れかけていた。私は叔父が大好きだった。叔父も私を愛してくれていた。小学生のころ、私は死んだ叔父と再会したことがあった。死んだ叔父の姿は、溶けた蠟のようにとらえどころがなかったが、生前、叔父が私に対して抱いていてくれた気持ちだけはそのままの形で伝わってきた。

あの時の感覚とまったく同じ感覚が甦った。ノボルが来ている、と私は思った。ここに。この猫橋に。私とクロがいるところに。

身体が少し硬直し、唇が震えた。だが、怖くはなかった。ノボルがいる、ノボルに会える……そう思うだけで、私の中には切なさの混じった、しみじみとした喜びが水のようにあふれ、滲《にじ》んでいった。

葉を落としたニセアカシアの木の枝が、かすかに風に揺れたのを最後に、私の耳からあらゆる音が遠ざかった。猫橋の上で、クロが座ったまま、じっと宙の一点を見つめ始めた。

私はクロの視線を追った。何も見えなかった。叔父の時は、ほぼはっきりと叔父の姿を見分けることができたというのに、その時は、ぼんやりとした輪郭すらわからなかった。

だが、そこには確かにノボルがいた。ノボルが猫橋の上に来て、懐かしそうに私を見ている……私はそう確信した。

クロが突然、喉をごろごろと鳴らし始めた。そしてその一匹の大きな黒猫は、まるでそこに誰よりも愛する飼い主の足があるかのように、何もない宙に向かって身体をくねらせ、さらに喉を烈しく鳴らし、再び身体をこすりつけては目を細めて、さも懐かしげに長い尾を柔らかく揺らし続けた。

少しずつ耳に音が戻ってきた。焼芋屋のおじさんの声が遠くに聞こえる。猫橋の近くを車が通り過ぎる。彼方《かなた》の空をヘリコプターが飛んで行く音がする。

私はクロを見つめ、クロが必死になって身体をすり寄せている、目に見えない異形のものに向かって、そっと手をさしのべた。私の指先は震えていたが、やがてその震えは何か力強い、それでいて不確かな、風のような感触のものの中に静かにくるみこまれた。

それは人間の手であって手ではない、たとえて言えば、宙に浮いた生ぬるいゼリーのような感じがした。

「ノボル君？」私は静かに語りかけた。ゼリーのようなものが、わずかに固くなった。ノボルは応えてくれたのだ。私の問いに、イエスと応えてくれたのだ。涙があふれ、視界が曇った。またかすかに風が吹いた。椎の木の枝がかさこそと鳴った。

クロがつと動きを止めた。私の手をくるんでいたものが急速に遠のき、その感触が薄れ、消えていくのがわかった。

焼芋屋のおじさんの声が近づいてきた。子供たちの歓声がそれに続いた。クロは束《つか》の間《ま》、あたりを不思議そうに眺め回したかと思うと、照れたように前脚をぺろぺろと舐め、私を見上げて胡散臭《うさんくさ》げに、にゃあ、と啼いた。

猫橋は翌々年の春に壊され、その付近一帯は埋め立てられて住宅地となった。

あれからノボルとは会っていない。

花車
はなぐるま

あの夏、私の耳は人体の一部ではなかった。精巧な集音マイク、ミニチュア化されたパラボラアンテナ……そんな感じだった。

一つおいた隣の部屋のあらゆる物音を聞き逃すまいと耳をそばだて、息をひそめながら過ぎていく時間の何と長かったことだろう。わざわざそんなことをしなくたって、時はいつも通りに過ぎていき、やがて妹たちの勉強部屋からあの人が出てくることはわかりきっていた。勉強が終わったころを見計らって、母はお茶菓子を用意し、あの人を茶の間に招く。妹たちと母に囲まれながら、あの人は茶の間で羊羹《ようかん》やらシュークリームやらどら焼きなどを食べ、雑談をして過ごす。そうすることが習慣になっていたのだから、その時間になっておもむろに茶の間に出向けば、あの人に会えることもわかっていた。

だが、そうとわかっていても、その時が来るのをのんびり待ってなどいられなかった。毎週、土曜日の午後二時から四時まで。あの人が双子の妹たちに国語と英語を教えている間中、私の耳はあの人の気配だけを追い続ける機械と化した。私の部屋と双子の妹たちの部屋の間には、納戸があった。小さな納戸ではあったが、そのせいで一部屋おいた向こう側の部屋の話し声まではさすがに聞き取れなかった。

私は壁やドアに耳を押しつけ、気配を探し続けた。人の動きまわる気配、ぼそぼそというかすかな話し声、教科書を床に落とした音、椅子をガタンとひいた時の音……。

勉強を教わっている間、妹たちは無口だったから、聞こえてくるのはあの人の声の気配だけだった。とても低い声だった。何を言っているのかはわからない。ぼそぼそとした喋り声が飽きもせずに続くだけで、それはまるで、ガラス窓の外から間断なく聞こえてくる蜂の羽音のような感じがした。

時として、時間をもてあまし、ベッドに寝ころがって本を読み始めることもあった。しかし、活字を追っていられるのはほんの数秒の間だけだった。

気がつくと、私は本を放り出し、手鏡を持ってきて顔を覗いている。そして、美人に生まれなかったことを嘆く。母のような色白の美人から、何故、私のような色黒の、日焼けした子猿のような娘が生まれたのか不思議だった。もう少しましな顔に生まれついていたら、あの人も私を一人前に扱ってくれただろうに、などと考えた。

そうこうするうちに、やがて待ちに待った「さ、今日はこれまで」という、あの人のいくらか大きな声が聞こえてくる。不思議なことに、その言葉だけははっきりと聞き取れる。心臓がコトンと音をたてて鳴る。私はベッドから飛び降りる。慌ただしく髪の毛を整え、服装を点検し、胸をおさえて深呼吸をする。双子の妹たちが、がやがやと騒ぎながら階段を降りていく音がする。あの人の足音がそれに続く。

一階の茶の間が賑わう。母の声が遠くに聞こえる。

たっぷり百数えるまで待ってから、そっと部屋を出て、階段を降りる。そして、さも偶然、通りかかったようなふりをしながら、わざとはすっぱな歩き方で縁側づたいに茶の間に向かう。

コップに冷たい麦茶を注ぎ入れながら、母が私を振り返る。「あんたも先生と一緒におやつにしない？」

縁先で風鈴が鳴る。あの人が私を見て微笑む。そして低い声ではにかんだように言う。「こんにちは」

　こんにちは、と私も言う。胸の中に、温かな漣《さざなみ》のようなものが拡がる。

　おずおずと私は座布団に座る。あの人に対する私の気持ちに勘づいていた双子が、わざとらしく、からかうようなくすくす笑いを続ける。

　週に一度の至福の時……昭和四十四年、双子の妹は十四歳、私は都立高校に通う十七歳だった。


　まだ中学二年になったばかりだった双子の妹、直美と明美に、何としてでも家庭教師をつけようと父が熱心に言い出したのも、今から考えればうなずける。妹たちの成績は、姉の私ですら呆れるほど下がっていく一方だった。

　担任の教師は、「なんだか夢見がちなところのおありになるお子さんで」と言っていたようだが、私に言わせると、それは親の手前、取りつくろった言い方にすぎない。現実の双子は、落ちつきがなく、集中力に欠けた、勉強嫌いの少女に過ぎなかった。

　時あたかも、学園闘争の嵐が全国に吹き荒れていたころである。全国の主要大学のうち三分の二以上の大学で闘争が激化していたような時代に、父が家庭教師として選んできたのは東京大学の学生だった。

　東大の安田《やすだ》講堂にたてこもった全共闘の学生たちが、機動隊と激しい攻防戦を繰り返し、ついに陥落したのがその年の一月十九日。翌二十日には、東大入試の中止が決定されている。

「いや、なに。今度、来てくれる先生は東大生でもきちんとした人でね」と父は言った。「ゲバルト学生なんかじゃないんだよ。あんないかがわしい学生運動には、まるで興味がないらしい」

　その言い方が、言いわけがましく聞こえたのは私だけではなかったと思う。父には昔から、無邪気で的はずれな権威主義があった。父にかかれば、大学は東大が一番で、職業は医者と弁護士、政治家が一番だった。たとえ家庭教師に雇った学生が東大全共闘の一員で、安田講堂陥落の際に逮捕された人物であったとしても、彼が東大生であるのなら、父は喜んで採用していたかもしれない。

　学生の名は、本宮敏彦《もとみやとしひこ》といった。岩手県盛岡市出身。文学部仏文科の三年生の、二十一歳。天然のウェーブがついた髪の毛を肩まで伸ばし、いつ見ても白いワイシャツに黒いズボン、というまるで洒落《しゃれ》っ気のないいでたちだったが、それが妙に似合っている人でもあった。

骨格がしっかりしていて、上半身など逞《たくま》しさを感じさせるほどだったのに、顔に肉がつきにくい体質だったのだろう、頰だけがこけ、笑うと口の両側に年寄りじみた皺が寄った。切れ長の澄んだ目はいつもどこか眩しげで、そこには憂い、諦め、寂しさ、人恋しさのようなものが感じられた。

「もの静かな、いい青年だな」双子相手に最初の授業を終えた日、お礼に、とビールをごちそうした父は、敏彦が帰ってからそうつぶやいた。

双子は口々に、「カッコいいじゃん」と言い、父から「勉強を教わる先生のことをそんなふうに言うもんじゃない」とたしなめられた。

ついでに律子の勉強も見てもらうか、と父が言い出したので、私は鼻先でせせら笑った。大学で学べるものは何もない、したがって進学するつもりは毛頭なく、高校を出たらすぐに家を出て働く……それが当時の私の考えだった。父は信じていなかったと思う。私自身、そうは考えてみるものの、自分がどうなっていくのか、見当もつかなかった。自分で言い出した手前、前言をひるがえすわけにはいかなかっただけのことである。

五月のゴールデンウィークが明けたころから、妹たちの授業は毎週、土曜日に行われることになった。彼がやって来る日、私は家にいることもあれば、いないともあった。

家にいれば、妹たちの授業が終わった後、敏彦を囲んでみんなでおやつを一緒に食べた。初めて紹介された時から、私は敏彦のことが気にいっていた。他の人だったら、わざわざ茶の間でみんなでおやつを食べることなど煩わしい、と思っただろう。私には初めから、敏彦に対して、潜在的に憧れのような気持ちがあったのかもしれない。

敏彦は、私のことを早くから「りっちゃん」と呼んでくれていた。彼と双子たちとは年が離れ過ぎていた。かといって、母を相手にどうでもいいような世間話を交わすのは億劫《おっくう》だったのだろう。彼は、私がおやつの時間に同席するのをありがたく思っている様子だった。

茶の間の食卓を囲みながら、敏彦は私相手に、ぽつりぽつりといろいろな質問をした。最近、どんな本を読んだ? 作家では誰が好き? 映画は何を見た? 芝居を見に行ったりはしないの?

本は少しは読んでいたし、映画を見に行くこともたまにあったが、芝居に行った経験はなかった。私がそう答えると、彼は「へえ」と言った。「見かけによらないね」

「どうしてですか」

「当世風に、芝居小屋にたむろしてるのが似合いそうな感じがしたんだけど。そうか、わかった。りっちゃんは高校生活動家だったんだな」

「まさか」と私は笑う。「うちの高校でもこの間、ロックアウトになって、機動隊が導入されましたけど。私は別に何もしてません」

嘘、と双子がくすくす笑いながら言う。「お姉ちゃん、デモに出たって言ってたじゃない」

「出てないわよ。デモの隊列の脇を歩いてただけよ」

「脇を歩いて何してたの？」

「別に」私は敏彦を見て苦笑する。

敏彦は私の苦笑に穏やかな笑みを返しただけで、そのことについては何も質問してこなかった。

今の高校生がどんな本を読んでいるのか知りたい、と言い出した敏彦を私の部屋に案内したこともある。私の本棚は粗末なもので、中学校時代に父に無理やり買わされた世界文学全集に混じって、数冊の翻訳小説や文庫本が並んでいるばかりだった。

「ほう、サルトルを読んでるな」敏彦は『嘔吐《おうと》』を手に取りながら言った。

本当は読んでなどいなかった。高校の同級生に借りて、読まずにいるうちに、そこにそんな本があることすら忘れているありさまだった。

それでも私は読んでいるふりを装った。そればかりか、やっぱりフランス文学が一番好きです、などと言った。

敏彦は夥しい数の作家の名をあげ、小説の話を始めた。全員がフランスの作家だった。私が知っていた名もあれば、知らなかった名もあった。アラン・ロブ＝グリエ、ル・クレジオ、アンドレ・ブルトン、ボリス・ヴィアン、バタイユ、ロラン・バルト……。

映画の話がそれに続いた。彼はゴダールが好きだと言った。きみは？　と聞かれたので、私もゴダールは好き、と言った。『気狂いピエロ』はクラスの誰かが持っていたパンフレットでしか見たことがなかったが、ジャン＝ポール・ベルモンドは嫌いではなかった。そのため、なんとかうまく話を合わせることができ、ほっとした。

今にしてみれば、敏彦は典型的な知的スノッブだったのだろうと思う。彼は文学にかぶれ、映画にかぶれ、芝居にかぶれた学生であった。自分の作り上げた世界の中でだけ遊び続ける、青くさいディレッタントだった。

小説や映画について何か一つ質問すると、機関銃のように答えを返してきて、とどまるところを知らなかった。あの時代、そういう学生は大勢いたに違いない。だが、私にとってみれば、初めて出会った人種だった。珍しかった。圧倒された。

土曜日の夕方、授業を終えた敏彦と茶の間で甘いものを少し食べるひとときが、私には楽しみに思えるようになった。金曜の夜になると、そわそわし始める自分が不思議だった。土曜の午後、誰かと約束をしていたとしても、四時前には切り上げて、家に戻るように心がけた。

一度だけ、間に合わなかったことがある。友達とついつい話しこんでしまい、家に帰ったのは五時近くになっていた。息を切らせて玄関のドアを開けると、母を相手にいとまの挨拶をしている敏彦と鉢合わせになった。

彼は私を見て微笑みかけ、「おかえり」と言った。「すごく急いでるんだね。誰かから電話でもかかってくるの？」

いいえ、別に、と私は言った。

敏彦は落ちついた仕草で母に「それでは」と頭を下げ、私に向かって軽く手を振った。

「じゃあね、りっちゃん、さよなら」
その晩、私は不機嫌になった。ささいなことで双子にあたりちらし、しまいに双子が泣き出して、父からひどく叱られたことを覚えている。

親しい友達が芝居をやってる、見に行かないか……敏彦から、そう誘われたのは、七月だったと思う。

アンダーグラウンド（地下室）で上演される芝居……アングラ劇が全盛のころだった。彼の〝親しい友達〟が、小さなアングラ劇団に所属する団員で、七月末から八月にかけての一週間、渋谷のはずれにある古いビルの地下を借り切り、新作を上演することになっている、という話だった。

一緒に行くんだったら、切符の手配をしてあげるよ、と敏彦に言われ、私はすぐにその話に飛びついた。彼と一緒に出かけることができるのなら、どこへだって行くつもりでいた。

開演は午後六時。土曜日の夕方、授業を終えてから、一緒に家を出て渋谷まで行けば充分、間に合う、と彼は言った。

当日の土曜日、双子の授業を終えた彼は、「はい、これ」と言って私にチケットを手渡した。代金を支払おうとすると、彼はやんわりと断った。来てくれるだけでいいんだ、観客が一人でも増えれば、彼女も喜ぶから……そう言われ、私は、彼が言うところの〝親しい友達〟というのが女性であることを初めて知った。

彼女の名は白井佐和子《しらいさわこ》。富山生まれで、敏彦よりも一つ年上の二十二歳。祐天寺《ゆうてんじ》だか中目黒《なかめぐろ》だかにある小さなスナックで働いている人で、敏彦とは彼女が出演していた芝居を通じて知り合ったのだという。

渋谷に向かう電車の中で、敏彦は熱心に芝居についての話を続けた。途中、何度も「佐和子が」「佐和子もさ」という言葉が繰り返された。

いやでも彼と佐和子の関係がはっきりしてきた。敏彦に女友達の一人や二人、いないほうがおかしい、と思っていたものの、名前を呼び捨てにして語り続ける彼の口調には、身内に対する深い情のようなものが感じられた。

「その佐和子さんって人、先生の恋人だったんですね」私はからかい口調でそう聞いた。

彼は照れる素振りは見せなかった。それどころか、急に生《き》まじめな表情を作ると、妙に堅苦しい口調で付け加えた。「結婚するつもりだよ」

説明のつかない、甘酸っぱい憤りのようなものがこみ上げた。へえ、そうなの、よかったじゃない……彼が私と同年齢の男だったら、そう言っていたに違いない。ちょっとでも羨ましく思えること、思い通りにいかないことに直面すると、すぐにすねてしまう小娘……それが現実の私だった。

だが、私は必死になって自分を取りつくろった。そうしなければ、深い自己嫌悪にかられて、しばらく敏彦とも顔を合わせることができなくなるだろう、と思ったからだ。

私は大げさな仕草で両手を打ち、うわあ、すごい、と騒ぎたてた。「素敵！　すごく早い結婚なんですね」

通路をはさんで前に座っていた乗客が、ちらりと視線を動かした。私はかまわずに、さらに大きな声を出した。「学生結婚なんてカッコいい！」

「別にカッコよくなんかないよ」彼は少し怒ったような口ぶりでそう言うと、私を見てふいに深刻げな表情を作った。「ご両親には内緒だよ」

「え？」

「この話だよ。あんまり歓迎されるような話じゃないからさ」

「どういう意味？」

彼は前に向き直り、両腕と両足を同時に組んだ。「妊娠しちゃったんだ」

うなずこうか、黙っていようか、迷った。ほんのわずかの間だけだったが、沈黙が拡がった。電車が駅に着き、乗降客が車内にあふれ、また退いていった。「彼女は絶対に堕《お》ろさない、って頑張ってる。僕もできれば、中絶なんかさせたくない。だったら……」そこまで言うと、彼はゆっくりと私を見た。冗談を言いたがっている時のように、微笑みが彼の顔中に拡がっていくのがわかった。「結婚するしかないだろう？」

詮索したがっているように思われるのはいやだった。しばらくの間、私は素っ気なさを装いながら、黙っていた。

「芝居がはねたら、紹介するよ」ぽつりと彼が言った。「きみも気にいると思うよ。やさしい女だから」

私はうなずき、微笑み、姿勢を正して「ぜひ」と言った。

その晩、上演された芝居は、私の理解をはるかに超えた内容のものだった。いや、内容があったのかどうかすら、疑わしい。

薄暗いと言うよりも、ほとんど暗闇に近い空間で、幾人もの顔を真っ白に塗った役者たちが踊ったり、笑ったり、絶叫したり、泣いたりする。タイトルは『夢魔境』。観客席と舞台との境目がなく、時折、足もとのバランスをくずした役者が平気で観客席に倒れこんでくる。

ほら、あれが佐和子だよ、と途中で敏彦から教えられたが、識別できなかった。佐和子は、白塗りの人間たちの間に混ざって、性別も名前もない、ただの人形のようにしか見えなかった。むろん、妊娠していることもわからなかった。たとえ彼女の腹部が妊婦特有の大きさになってせり出していたとしても、あの闇の中では誰ひとりとして、気づかなかったに違いない。

二時間以上はあったかと思われる長い芝居が終わると、敏彦は私を喫茶店に誘った。シャンデリアやミラーボール、夥しい数のホンコンフラワーなどで飾りたてられた、けばけばしい感じのする店だった。

佐和子が現れるまで、彼は今しがた見てきたばかりの芝居について、感想を語り続けた。私の知らない人の名前や作家の名前、戯曲のタイトルが飛び交った。話に夢中になりながら次から次へと煙草を吸い、十本入りショートホープの箱が空になると、彼はビールを二つ注文した。

私が「飲めません」と言うと、彼はあっさり「だったら僕が飲むよ」と言った。

佐和子が喫茶店に飛び込んで来たのは、十時を過ぎてからである。いくらなんでもこんなに遅くまで連れ回したら叱られる……私の両親のことを案じた敏彦が、少し遅くなるが必ず自宅まで送り届けます、と母あてに公衆電話をかけに行き、戻って来た直後のことだった。

「うわあ、遅くなっちゃった。ごめんごめん。みんなで反省会やってたら、ちょっと喧嘩になっちゃって。ううん、私じゃないのよ。私は見てただけ。でも、そういう時に人を待たせてる、なんて、言えなくて。ほんとにごめん。お腹《なか》すいたでしょう？　あら、なんにも食べてないの？　私、ぺこぺこ。何か注文しましょうよ。それともラーメンでも食べに行く？」

初めて見た佐和子は、私に何か途方もなく柔らかいもの……たとえて言えばマシュマロとか、白い羽まくらとか、産毛に包まれた小鳥のヒナとか、そういったものを連想させた。化粧を落とし、まったくの素顔だったはずなのに、彼女は信じられないほど色が白く、ふっくらとしていて、笑みをたたえた目もとが優しい、たおやかな感じのする美人だった。

「暑いからラーメンを食べる気分じゃないな」敏彦がそう言うと、佐和子は「そうね」とうなずき、私を見た。「じゃあ、やっぱりここで何か食べましょうか。何がいい？　ナポリタン？　カニピラフ？　好きなもの頼んでね。今日は私がおごるから」

私と敏彦はスパゲッティ・ナポリタンを注文し、佐和子はカニピラフを注文した。ここのピラフには味噌汁《みそしる》がついてくるのよ、と彼女は嬉しそうに言った。長く伸ばした髪の毛にペイズリー柄のターバンを巻きつけた佐和子は、改まった様子で私を見るなり「よろしくね」と目を細めた。

「敏彦さんがあなたのこと、いつも褒めてたわ。家庭教師をやってる家には、可愛い高校生がいるんだ、って。ほんとに可愛いのね。律子さん……だったかしら。今日は来てくれてありがとう。楽しんでもらえた？」

とっても、と私は言った。よかった、と彼女は微笑んだ。吸い込まれるように優しい微笑みで、一瞬、私はそこに楚々《そそ》とした小さな美しい野の花を見たように思った。

佐和子はその時、インクで染めあげたような色の更紗《さらさ》のロングスカートに、大きく胸の開いた白の袖なしブラウス、といういでたちだった。いくら目をこらして見ても、彼女の腹部に目立ったふくらみはなかった。腹部よりもむしろ、首に下げた幾重ものガラス玉のネックレスのほうが目立ち、さらにネックレスよりも、その小さな顔、美しいつややかな素肌のほうが目立っていた。

その晩、家まで送ってくれた敏彦に私は「佐和子さんって、すごくきれいな人なんですね」と言った。

そうかな、と敏彦は言い、その日初めて照れたように笑った。

「赤ちゃんが生まれるのはいつ？」

「来年の二月」

「じゃあ、来年はもう、先生はお父さんなんだ」

「参るよね、こんなはずじゃなかったのに」そう言って、彼は首すじを撫でた。

「まだ両親には何も言ってないんだ。いったい、どうなるんだろうね」

家に帰ってから、家族が寝静まったころを見計らって家庭医学書を開いてみた。出産予定日から逆算して、その日会った佐和子が妊娠何ケ月だったのか、知りたくなったからである。

だが、医学書を読んでいるうちに、私の頭は別のことでいっぱいになった。敏彦が双子の家庭教師としてわが家を訪れるようになったのは四月初旬。となれば、そのころ佐和子はまだ妊娠していなかったことになる。敏彦との間に子を成したのはその直後だ。

そう考えると、がっかりするような、それでいてやみくもに胸を焦がしてくる妙な興奮にかきたてられるような、そんなとりとめもない気持ちにかられ、自分が怖くなるほどであった。

夏休みに入っても、双子の家庭教師は続けられることになった。敏彦が、僕はこの夏は帰省しません、ずっと東京にいます、と言ったからである。

双子はがっかりしていた。夏休みはプールや遊園地、花火大会など、予定が山積みだったらしい。

遊んでばっかりいないで、しっかり勉強しなくちゃだめじゃないの、と私が言うと、双子は目を丸くし、ふざけた顔を作って言った。「そりゃあお姉ちゃんはいいよね。本宮先生に会えるんだから」

「どういう意味よ」

「わあ、赤くなってる。赤くなってる」

母はにこにこしながら、私たち姉妹の会話を聞いていた。もともと子供の友達づきあいに難癖をつけたり、必要以上に心配したりする人ではなかった。私が敏彦に対して特別な気持ちを抱いていたとしても、それは思春期によくある憧れに過ぎない、とわかっていたのだろう。

私は母に聞こえるよう、双子に向かって言った。「本宮先生のことは尊敬してるのよ。それだけよ。それがどうしていけないのよ」

「別にいけないなんて言ってないじゃん」と直美。

「そうだよ。言ってないもん」と明美。

じゃあ、なんなのよ、と私が目をむくと、双子はそろってダンスをする猿のように、あたりをぐるぐる走り回り、「木所律子の好きな人、それは本宮先生、敏彦先生」とけたたましく笑いながら、つまらない即興の歌を歌い出すのだった。

初めて敏彦の部屋に誘われたのは、八月も末になってからだったと思う。

双子の家庭教師を終えた後、茶の間でカップ入りのバニラアイスクリームを食べながら、敏彦はそっと私の腕を突いた。「佐和子がね、芝居を見に来てくれたお礼に、腕によりをかけてりっちゃんに何か御馳走《ごちそう》を作りたい、って言ってるんだけど」

ちょうど近所の人が回覧板を届けに来たところだったので、母は玄関先で立ち話をしていた。双子は台所で、紅茶をいれているところだった。茶の間には私と敏彦以外、誰もいなかった。

「どうする？」敏彦は口早に聞いた。「味のほうは保証の限りではないけどね。よかったらおいでよ」

「先生のアパートに？」

うん、と敏彦はうなずいた。「明日は日曜で、佐和子も店が休みなんだ。五時でどう？　駅まで迎えに行くから」

私が目を輝かせていると、彼は人さし指を立てて唇にあてがい、「内緒だよ」と言って軽く片目をつぶってみせた。「僕の部屋に行くなんてことが、ご両親に知れたら、やっぱりまずいだろうからね」

敏彦と佐和子とは、一緒に暮らしているわけではなかった。二人が出会った時、すでに佐和子にはルームメイトがいた。スケッチブックに官能的な裸婦像を描き、一枚ずつ安物の額縁に入れて街頭で売っている、フーテンまがいの娘だった。

誰かと一緒に暮らせば、経済的負担が半々になる。まして、定職にありついているルームメイトは貴重である。頼むからしばらくの間、出て行かないでほしい、とその娘に懇願され、佐和子は部屋を出ることを諦めた。

あのフーテン娘は佐和子の稼ぎを利用してるだけなんだ、と敏彦はことあるごとに言っていたものである。私も話を聞いてそう思った。どう考えても、街頭で絵を売るだけでは生活できない。スナックで働く佐和子の収入がなかったら、四畳半一間とはいえ、アパートと名のつく部屋は借りることすらできなかったはずである。

だが、佐和子は意に介していない様子だった。佐和子はそういう人間だった。善意のかたまり。お人好し。人のためになることなら、わが身を捧《ささ》げて惜しまない。損をするとわかっているようなことでも、率先して奉仕の精神を働かせる。

昔、一緒に上野に行った時、物乞いがいたんだ、とある時、敏彦は私に言った。佐和子はさ、僕の財布を開けさせて、自分の財布の中身と合わせると、いくらになるか計算してさ、合わせて百円札が六枚ばかりあったんだけど、佐和子は何と、そのうち五枚を気前よくめぐんでやった。

だって、その人、本当にひもじそうだったのよ、と佐和子は説明した。大まじめな口調だった。身体中、垢《あか》だらけで、おまけに皮膚病にかかってて、がりがりに痩せてるの、あの時、お金をあげなかったら、死んじゃってたかもしれないわ。

せっかくのデートだったのに、おかげで帰りの電車賃しか残らなかった……敏彦はそう付け加え、呆れたように笑った。

親に「友達の家で宿題を片づけて来る」と嘘を言い、約束通り私は翌日の日曜日、夕方五時に、私鉄沿線の小さな駅に降り立った。夕立が来そうな気配で、あたりは薄暗く、湿った埃の匂いが町を満たしていた。

駅まで迎えに来てくれたのは、敏彦一人だった。彼は「ネギを買い忘れてね」と言った。「佐和子に頼まれたんだ。雨が降りそうだけど、ちょっと寄って行くよ」

私たちは駅の近くにあるマーケットに入った。昔ながらの小さな商店を寄せ集めて作ったようなマーケットだった。八百屋、肉屋、魚屋……と扱う商品によって、個別に店が並んでいる。

「りっちゃんにあやまらなくちゃいけなくなった」彼は賑わっている八百屋の店先で、束になった長ネギを手にしながら言った。

「え？　何？」

「腕によりをかけて、って佐和子が言ってたのにね。嘘じゃなかったんだよ。ほんとに張り切ってたんだよ」

「……佐和子さんがどうかしたんですか」

威勢のいい掛け声をかけている店の男に長ネギを差し出すと、敏彦はズボンのポケットに手を入れ、小銭を取り出した。「佐和子のやつ、今朝からちょっと具合が悪くなっちゃってさ。だから、予定してた料理ができなくなったんだ」

彼が小銭を手渡すと、同時に新聞紙にくるまれた長ネギが戻ってきた。私たちは再び、肩を並べてマーケットを出た。今にも雨が降り出しそうで、道行く人は急ぎ足だった。

「だから、今日はすき焼きにした。嫌いじゃないよね」

私はそれに答えずに聞いた。「つわり……ですか」

「よくわからない。佐和子はこれまでほとんど、つわりはなかったんだけどね。だから、平気で芝居もやってたし、飛んだりはねたりしてたし。こないだの大きな演《だ》し物《もの》が終わって、一息ついたもんだから、安心して、かえってつわりの症状が出ちゃったのかもしれない」

そうですね、と私は言った。それしか言いようがなかった。

佐和子の具合の悪い時に、敏彦の部屋を訪ねるのは気がひけた。ちょっと寄って、挨拶だけしてすぐに帰ろう、そうしたほうがいいのかもしれない、いや、そうすべきだ、などと考えた。

だが、行ってみると、佐和子は思っていたよりも元気そうで、顔色もよかった。

「いらっしゃい！　さあ、どうぞどうぞ。暑かったでしょう？　でも、もうじき一雨くるわよ。そうしたら、少し涼しくなるわ」

腹の中の赤ん坊の分まで、みなぎる精気をもてあまし、じっとしていられない、と言わんばかりに彼女はいそいそと私にスリッパを勧めた。真新しい黄色いスリッパで、爪先部分にヒヨコの顔がプリントされてあった。

六畳一間に小さな台所がついている部屋には、亀甲模様の薄い絨毯《じゆうたん》が敷かれていた。窓辺に、食卓と勉強机を兼ねているらしい小さなテーブルと椅子。壁に面してスチール製の本棚が二つ。襖《ふすま》を取りはずしたままになっている押入れに、畳まれた二組の布団が見えた。

パラパラと石つぶてが投げつけられるような音が響いたと思ったら、ふいに雨が降り出した。烈しい雨だった。風が出てきて、どこかの家の風鈴が狂ったように鳴り始めた。稲妻が光り、遠くで雷鳴が轟《とどろ》いた。

「ほうら、降り出した」と佐和子は言った。「ね、敏彦さん。こういうの、何て言うんだっけ」

「何？」

「例えばね、今みたいに家に着いた途端、雨が降り出して、ああ、危ないところだった、濡れなくてすんだ、ってほっとした時、使う言葉よ」

「間一髪？」

そう、それ、と佐和子は言い、さも可笑しそうに身体を揺すってくすくす笑った。

まもなく部屋の中央に、折りたたみ式の丸テーブルが用意された。台所からガスホースを引っ張って来て、コンロにつないだのは敏彦だった。座布団はなかった。私たちはテーブルを囲んで腰を下ろした。

敏彦がビールの栓を抜いた。佐和子は「ほんのちょっとね」と言い、彼の酌を受けた。私の目の前には、バヤリースのオレンジジュースの瓶があったが、ジュースをコップに注いでくれたのは敏彦ではなく佐和子だった。

私たちは乾杯のまねごとをした。佐和子は終始、にこにこしていた。

野菜が多くて、肉の少ないすき焼きだった。肉はスジ肉で、嚙《か》み切れないほど固かった。だが、鍋の中には佐和子の味があった。佐和子のぬくもり、佐和子の優しさ、佐和子の愛情があった。

「ほんとにごめんね、りっちゃん」と佐和子は言った。「ついさっきまで、どうにも気持ちが悪くてね。お芋の煮っころがしとか、カレー味のコロッケとか、いろんなもの作ってあげようと思って楽しみにしてたのよ。私、お料理大好きだから。でも、できなくなっちゃった」

そんなこと、ちっとも、と私は言った。「もう気分は治ったんですか」

「変なのよ。もうすぐりっちゃんが来る、っていう時間になったら、とたんに元気になったの。気の持ちようなのかもしれないわねえ」

佐和子はその日、派手な柄のムウムウを着ていた。ぶかぶかの服なので、妊婦であるということはわからなかったが、彼女がいとおしげに腹に手をあてるたびに、生地の奥のかすかな隆起、新しい命の鼓動を伝えるやわらかさが、傍《はた》からもはっきりと見てとれた。

鍋がぐつぐつと煮える音に、雨の音が重なった。窓から吹き込んでくる湿った風が、卓上の湯気を大きくゆらめかせた。

「りっちゃんにあのこと、教えてあげれば？」敏彦が箸を休め、煙草に火をつけながら言った。

佐和子は目を細めて小首を傾《かし》げ、優雅に笑った。「だって、まだ決まったわけじゃ……」

「何の話ですか」私は佐和子の顔を覗きこんだ。

「ううん、大したことないの。ちょっとね、お芝居の話があっただけ」

「佐和子が主役に抜擢《ばってき》されそうなんだ」敏彦が言った。「劇団が来年の四月に予定してる芝居なんだけどね、初めて佐和子に白羽の矢が立つことになるかもしれない」

「どうなるかわかんないのよ。もしかするとそうなるかもしれない、っていうだけのこと」佐和子は照れくさそうに顔を赤らめ、その必要もないのに、鍋の中に大量のシラタキを放り込むと、思い出したように勢いよく私のほうを振り返った。「それよりもっとすごいことがあるのよ。その四月からのお芝居にね、敏彦さんのオリジナル脚本が正式に採用されたの。それはそれは、とっても素敵な脚本なのよ。ね？　敏彦さん」

今度は敏彦が照れくさそうに煙草を灰皿で押しつぶし、「採用された、ってわけでもないさ」と言った。「プロの劇作家の人との共同脚本にしてもらうことが決まっただけなんだよ」

「でも、『花車《はなぐるま》伝説』っていうタイトルは、敏彦さんが考えたタイトルがそのまま採用されたじゃないの」

「まあね」

「敏彦さんたらね、私をイメージして書いてくれたのよ」佐和子はしみじみとそう言うと、鍋の中のものを菜箸でつつき回し、口をすぼめて微笑んだ。「それだけでもとっても嬉しかった。だから私、主役になれなくてもいいの。充分、満足なの」

固くていつまでも飲みこめずにいた牛肉をやっとの思いで飲みくだし、私は二人の顔を交互に見つめた。二人とも私のほうは見ておらず、それぞれ幸福な物思いに耽《ふけ》った様子でぼんやりしていた。

佐和子がふと私を見た。「四月って言えば、ちょうどお花の季節でしょ？　タイトル通り、舞台がお花で埋め尽くされる予定なの。見ごたえがあると思うわ。私が主役になるならないは別にして、敏彦さんの脚本なんだもの。ぜひ見に来てね」

「絶対、行きます」私は大きくうなずいた。

「佐和子の役はね、花車に乗った人形なんだよ」敏彦が言った。

佐和子がくすくす笑った。「頭の悪いお人形なんでしょ？」

「気のいい人形さ。花車はトロッコみたいに舞台を所狭しと移動できる仕掛けになってる。行く先々で、気のいい人形は花車の中で、花に埋もれながら、ぶつぶつ、独り言を言い続けるんだ」

「四月公演なら、なんとか間に合うのよ」佐和子が腹部をやわらかく撫でながら言った。「予定日は二月五日なの。公演まで丸二ケ月あるでしょう？　もし主役をやらせてもらえるんだったら、セリフは赤ちゃんを生む前に全部、覚えておけるし。それに私、身体だけは丈夫だから、二ケ月もあればすっかり元通りになれる自信があるの」

「佐和子の役は、最初から最後まで花車の中で寝てればいいだけだからね。ちょうど狭いお風呂《ふろ》に身体を沈めてさ、天井を仰いでる時みたいに、両手と両足だけブラブラさせて外に出して……」敏彦は、そう言いながら箸で鍋の中のシラタキをつまみ、器に移さずにそのまま口に運んだ。「歩き回ったり、飛んだりはねたりする必要がないし、もちろん裸になる必要もない。最初から最後まで、じっと寝てればいいだけ。出産した翌日だって、やろうと思えばできなくはない」

「佐和子さんが妊娠したのを知ってから、書いた脚本なんですか」私は聞いた。

「いや、違う。去年の暮れに書き始めて、第一稿ができあがったのが今年の三月。時期といい、役柄といい、まるで彼女の出産がわかってたみたいな内容になっちゃって、自分でもおかしいけどね」

「ほんとのことを知ったら、みんな驚くでしょうね」佐和子はくすくす笑った。

「私が妊娠してるなんてこと、誰も知らないんだから」

「僕たちはさしずめ、詐欺師ってところだな」敏彦も笑みを浮かべた。

ほんとにね、と佐和子は目を細めてうなずくと、敏彦のために器に生卵を割ってやった。生卵をかきまぜる音が、室内に軽やかに響いた。いつのまにか、雨はあがったようだった。

「女優になるのが夢だったし、今でもそう思ってるのよ。だから、妊娠を隠してまで、こんなこと続けてるんだけど」彼女はしんみりとつぶやくように言った。「でもねえ、本当のところ、どうなのか、このごろ自分でもよくわからなくなることがあって。もう少しで私、ママになるんだな、って考えると、お芝居を続けるよりも、子供を立派に育てていくことのほうが大事なのかもしれない、って思ったりもして。変ね」

敏彦は黙っていた。スチール製の本棚に寄りかかり、両膝を立てて煙草を吸っていた彼の目は、窓の外の、遠くに光る稲妻だけを見ているようだった。

その晩、私を駅まで送って来てくれた敏彦と佐和子は、改札口の手前で私に「じゃあね、さよなら」と手を振った。その手が下ろされるや否や、まるで待っていたかのようにふわりとつなぎ合わされたのを私は視界の片隅で確認した。

改札口を抜けて立ち止まり、振り返った。雨あがりの舗道を、寄り添いながら遠ざかって行く二人の後ろ姿が見えた。街灯の明かりを受け、長々と舗道に落ちた二人の影は、どこかほっそりと侘《わび》しげだった。

その日からちょうど一ケ月後。佐和子が正式に『花車伝説』の主役に抜擢された。

佐和子はすでに妊娠六ケ月目に入っていたが、体質なのか、裸にならない限り、腹部はほとんど目立たず、その時点においても、劇団のスタッフ、団員たち、誰ひとりとして、彼女の妊娠の事実には気づいていない、という話だった。

一緒にすき焼きを食べた日、彼女を悩ませたつわりのような症状も、二度と起こることはなかった。身体にぴったりとした服さえ着なければ、腹部のふくらみはいくらでもごまかすことができた。『花車伝説』の彼女の役柄は、敏彦が言っていた通り、花車の中で仰向けになっているだけでよく、身につけるものも、だらしなく着付けた絣《かすり》の着物に、ゆるく三尺帯を締めるだけ、という設定だった。たとえ臨月になってから本稽古が行われることになったとしても、とりあえずはなんとかうまくごまかせそうだ、ということだった。

「でも、ちゃんとした本稽古が始まるのは、三月に入ってからの予定になってるんだよ」敏彦はいたずらっぽく笑って、私にそう教えた。「そのころにはもう、佐和子は出産を終えて、復帰してる。どう？　全然、問題はないだろう？」

私は聞いた。「でも、陣痛が始まったらどうするんですか？　お稽古がなくたって、みんなと一緒にいる時に、突然、お腹が痛くなったりしたら、劇団の人に気づかれるに決まってるわ」

「出産予定日の十日前から、あらかじめ休みを取ることにしてるんだ。僕との結婚の報告に郷里の富山に帰る、とか何とか理由をつけてね。無事に生まれたら、郷里でひどい風邪をひいた、ってごまかしてさ。その間に体力を取り戻して、東京にやっと帰って来ました、って顔をして、さりげなく復帰するわけだ」

「佐和子さんがお稽古に出てる間、赤ちゃんの面倒は誰がみるの？　先生だってお稽古には参加するんでしょう？」

「富山の彼女のお母さんが来てくれることになってる。了解ずみなんだ」

「なぁんだ。じゃあ、ほんとに問題ないですね」

「そう。まったく問題ない」

今、思い返すと、かなり大胆な会話だったと思う。舞台で主役を務める女優が、最後まで妊娠出産を隠し通しながら、稽古を続けようというわけである。敏彦の説明を聞いて、本当に心底、何の問題もなさそうだ、と思った私も私なら、普通ではない状態の身体のことを何ら深く考えず、赤ん坊も主役も欲しい、として、無茶なやり方を選んだ佐和子や敏彦も精神的に未熟だったとしか言いようがない。時代がそうさせたのか。あるいはまた、私たちが若すぎたせいか。あのころ、敏彦や佐和子がたてた計画は、無邪気でいたずらっぽい、楽しい心躍る計画でしかなかった。彼らにとって、女が妊娠し出産するというプロセスは、口から取り込んだ食物が、時を経れば必ず肛門《こうもん》から排泄《はいせつ》されるという、人体の普遍の原則にも似て、非常に単純なメカニズムにのっとったものでしかなかった。

彼らはあくまでも、妊娠出産を情緒的にしかとらえていなかった。妊娠し、出産するということが、時として命を落とすほど危険な綱渡りにもなるという事実は、彼らにとって遠い外国から聞こえてくる、意味不明なおどし文句のようなものでしかなかった。

子を宿した女の身体を、どれほど大切に扱うべきか、彼らは知らなかった。知らなすぎたのだ。

十一月も半ばを過ぎたある土曜日の午後。いつも家庭教師の時間に遅れることのなかった敏彦は、二時半になっても三時近くなっても現れなかった。

前の晩から冷たい雨が降り続いていたが、いっこうにやむ気配はなく、ストーブをたかずにはいられないほど寒い日だった。双子は勉強をサボることができる、

っていた。

と喜んだ。敏彦はそれまで、連絡もせずに遅れて来たことは一度もなかった。

訝《いぶか》る思いは次第に形を変えていき、私の中には漠然とした不安が拡がってい
った。

　敏彦のアパートに電話はなかった。緊急の連絡は、近くに住む大家が取り次いでくれていたようだが、その大家の電話番号を知っていたのは父だけだった。その日、父は仕事で地方に出かけており、留守だった。お父さんとは夜にならないと連絡がつかないのよ、と母は言った。

　四時半ころ、電話が鳴った。私が受話器を取った。間違い電話だった。急ぎの用でどこかの会社にかけたつもりだったらしい中年の男は、私が「違います」と言うと、返事もせずに切ってしまった。

　六時少し前に、また電話が鳴った。双子の直美あてに友達からかかってきた電話だった。「先生から連絡があるかもしれないから、すぐに切って」と母が言ったので、直美は数秒で電話を切った。

　敏彦本人から電話がかかってきたのは、それからさらに一時間ほどたってからである。ちょうど、母が電話機のすぐ傍にいた。私よりも早く、母が受話器を取った。

母は「まあ」と言ったきり、絶句した。視線が泳ぎ、私をとらえたが、私が受話器を奪い取ろうとして手を差し出すと、母は強くそれを拒んだ。

その後、ほとんど言葉を発さないまま、母は眉をひそめ、うなずき、「わかりました。お気を落とさないように」と重々しく言ってから受話器を戻した。

「大切なお友達が亡くなったんですって」母は目を伏せながら言った。「ゆうべ遅く、階段から落ちて。発見されたのが遅かったらしいの。病院に運ばれたけど、だめだったんですって。お気の毒に」

並んでテレビを見ていた双子は、顔を見合わせ、口をとざした。

私は目をむいて母を見つめた。「友達って誰？」

「知らない」と母は言った。「来週と再来週、家庭教師はお休みさせてください、って。もちろんよね。ショックだったんでしょう。先生の声、掠れてたわ」

白井佐和子は前の日の深夜、スナックの仕事を終えてから一人で劇団の事務所に行った。劇団は老朽化した細長い、三階建てのビルの二階と三階を借りていた。二階が事務所、三階が稽古場だった。

佐和子が行った時、事務所には誰もおらず、鍵がかけられていたようだ。一方、三階の稽古場は、そんな遅い時間だというのに賑やかな笑い声で満ちていた。佐和子はまっすぐ三階まで上がって行き、声をかけた。

「誰か事務所の鍵、持ってない？」……佐和子はそう聞いたそうである。居合わせたのは、新人の団員ばかりで、鍵を持っている人間はいなかった。

「じゃあ、仕方ないわね」と佐和子は言った。「忘れ物しちゃったの。ついでだから仕事の帰りに取りに来てみたんだけど。雨の中、わざわざ来て損しちゃった」

団員たちは佐和子にビールを勧めた。佐和子は、『花車伝説』の公演が終わるまで、お酒は断つことにしたの、と言い、にこやかに稽古場のドアを閉めて帰って行った。

その時、すでに外は雨が降りしきっていた。雨で濡れていた靴が、すべりやすくなっていたのかもしれない。あるいは何か物思いに耽っていたせいで、階段を一段、踏みはずしてしまったのかもしれない。佐和子は二階から一階まで、急な階段を真っ逆様に転落した。

一階の入口付近の床に叩きつけられた時、意識はすでになかったようである。入口にはガラスのはまったドアがついていた。佐和子が横たわっている姿が、外の通りを行き交う人の目に触れることはなかった。

三階の稽古場にいた団員たちは、佐和子の悲鳴にまったく気がつかなかった。

酒を飲み、話に興じていた彼らが、始発電車に乗るつもりで、やっと帰り支度を始めたのは早朝四時半をまわったころである。

先に階段を駆け降りた十九歳の若者が、床に倒れている佐和子を発見した。佐和子の下半身はぎらぎらと光る血にまみれていた。

佐和子は救急車で病院に運ばれた。ショックで子宮から大出血したようだった。落ちてすぐに病院に運ばれていれば、少なくとも佐和子だけは助かったはずである。だが、発見が遅れたことが致命的だった。大量の血を失い、赤ん坊もろとも、佐和子の命も失われた。……私はそのように聞いている。

敏彦がふいに、私の家に挨拶にやって来たのは、佐和子が死んでから二週間ほどたった日曜日の夜だった。

おあがりください、と母がいくら勧めても、彼は玄関先に立ったままだった。父が出て行って、ともかくあがってください、ここでは話ができない、と言ったのだが、それでも彼は「すぐに帰らなければならないので」と言い張り、頑として靴を脱ごうとしなかった。

実は、先日亡くなったのは僕の婚約者でした、来春、結婚する予定でした、彼女は僕の子供を妊娠していました、この先当分、心の整理がつきそうにありません、家庭教師の仕事を続けていける自信もなくなりました、直美さんと明美さんにこんな状態で勉強を教えるわけにもいかず、思いきって辞めさせていただいたほうがいいのではないかと考え、こうやって伺いました……やつれ果て、青ざめ、着ているくたびれたトレンチコートよりももっと色を失った唇を震わせながら、彼はそう言い、深々と頭を下げた。

父も母もさすがに言葉を失っている様子だった。双子が、何事か、という顔つきで出て来た。母はそっと双子を追い払った。

まもなく父が何かあたりさわりのないことを言い始め、それを合図にしたかのように、母も同じようにあたりさわりのない慰めの言葉を吐いた。敏彦は下げた頭をいっこうに上げようとせず、「勝手を言いまして申し訳ありません」と低い声で繰り返した。

もう誰も、彼を引き止めようとはしなかった。大人同士の挨拶が交わされた。帰りがけ、ドアのノブを握りながら、彼はつと私のほうを見た。忘れかけていた相手に挨拶をすることを急に思い出した時のような、作りものめいた笑みが、唇の端に浮かんだ。

ドアが開き、彼は外に出て行った。玄関灯の照らしだす淡い光が、彼の身体を包みこんだ。ドアが閉じられた。足音が遠ざかり、まもなく何も聞こえなくなった。

両親が何かぼそぼそと話し始めた。双子が飛び出して来て、何の話だったのか、聞きたがった。父は憮然《ぶぜん》とした顔つきで奥に引っ込んで行った。いてもたってもいられなくなり、私はサンダルをつっかけてドアに突進した。どこに行くの、と母が大声で聞いた。答えなかった。

敏彦の姿はすでに見えなかった。私は迷わずに駅に向かって走り出した。駅までは歩いて十二、三分。走れば七、八分で着く。

寒さは感じなかった。むしろ全身が汗ばんですらいた。

しばらく走ると、公園が見えてきた。ブランコとすべり台が一つずつあるだけの、小さな児童公園だった。

公園の中央にそびえている大きな銀杏《いちょう》の木は完全に色づき、すでに葉を落とし始めていた。木の幹のあたりに人影が見えた。敏彦だった。

敏彦は木にもたれ、片方の手をコートのポケットに入れたまま、煙草を吸いながら空を見上げていた。公園内に他に人はいなかった。

私は中に入って行った。公衆トイレの脇にある水銀灯の明かりが、水飲み場の蛇口にあたってきらりと光った。

敏彦が静かに振り向いた。驚いた様子はなかった。彼はまっすぐに私を見つめ、そこに何か懐かしいものでも見つけたかのように、瞬《まばた》きを繰り返し、ほんの少し微笑んだ。

私は彼に近づき、彼と向かい合った。吐く息が白く顔にまとわりついた。そんなふうにしている自分が半分怖く、半分切なかった。こみあげてくるものがあった。唇が震えるのがわかった。

彼は吸っていた煙草を地面に落とし、靴先で踏みつぶした。次の瞬間、私は彼の腕の中にいた。トレンチコートのがさがさという音が耳に響いた。コートにしみついていた冬の匂い、煙草の匂いが私をくるみこんだ。

「りっちゃん」と彼は私の名を囁いた。「佐和子は死んじゃったよ。僕はどうすればいいんだろう。わからないんだ。もう何もわからない」

慰めようがなかった。励ましようもなかった。心臓だけが烈しい鼓動を繰り返していた。彼が私に何を求めているのか、どう応えてやればいいのか、自分が怖いのか、嬉しいのかすらわからなくなり、私は途方に暮れた。

敏彦はいきなり、苦しげに喘《あえ》ぐと、私の身体を強く締めつけた。痛い、と痛くもないのに私はかすかに声をあげた。だが彼は何も言わなかった。荒い呼吸が続いた。

私の首すじ、耳のあたりに彼の唇が押しつけられた。熱い吐息が頬にかかった。それまで経験したことのない甘美な漣のようなものが、身体中を駆け抜けていくのがわかった。

気がつくと私は彼と唇を合わせていた。生まれて初めての接吻《せっぷん》だった。私の口は震えていて、歯の根が合わなくなり、時折、敏彦の歯とぶつかって乾いた音をたてた。

彼は私にではなく、死んだ佐和子さんにキスをしているつもりなのだろう、と思った。そう考えると侮辱されているような気もしたが、それでもいい、という思いのほうが強かった。

唇が離れた。離れた瞬間、彼はもう一度、私を強く抱きしめた。彼の両手が私の背中にくいこんだ。

耳元で「ごめんよ」と囁き、彼は突然、動かなくなった。泣いているようだった。

翌年の四月初め。高校三年になったばかりの私に、敏彦から封書が届いた。中には『花車伝説』の入場チケットが二枚、同封されていた。佐和子はいなくなりましたが、芝居は予定通り上演されます、よかったら友達と一緒に見に来てください、上演期間中、僕は毎日、劇場に行ってます……手紙には短くそう書かれてあった。

都内の桜が満開になった土曜日の夕方、私は『花車伝説』が上演されている渋谷の小さな劇場に向かった。一人で見たかったので、誰も誘わなかった。余ったチケットはクラスの芝居好きの男の子に譲ってやった。

開演は午後六時からだった。客の入りはよくもなく悪くもなかった。私と同様、一人で来ている学生ふうの人間もいれば、勤め帰りと思われるOLふうの娘、背中まで髪の毛を伸ばしたミュージシャンふうのカップル……と客層は様々だった。

舞台に緞帳《どんちょう》はなく、花道が客席のほうに長く延びていた。花道にはレールが敷かれてあった。

予算の関係上、生花を使うわけにはいかなくなったのだろう、舞台には所狭しと造花が並べられていた。かつて佐和子が言っていたように、「舞台が花で埋め尽くされる」といった状態ではなかったが、ライトを浴びると造花が活《い》き活《い》きと輝いて見え、まさに春先の花畑を見ているような印象があった。

私が座った席は、花道に面した席だった。芝居が始まるとすぐに、劇場の廊下側の扉が開き、そこから女を乗せた花車がトロッコのように花道のレールをすべって来るなり、私の目の前を通り過ぎた。

花車の中も造花でいっぱいだった。チューリップ、カーネーション、バラ、菊、グラジオラス……ありふれた花ばかりで、そのまとまりのない色彩が、何か狂気のようなものを連想させた。

花車の中に入っていたのは、佐和子と似たような年齢の若い女だった。肩までのおかっぱ頭のかつらをかぶり、人形めいた化粧をしている。色あせた絣の着物を着て、赤い三尺を締めている。尻だけを花車の底に沈めて、両手両足を外に出し、ぶらぶらさせている。

舞台に向かった花道のレールの先端で、花車がぴたりと止まると、女は喋り出した。ぜんまい仕掛けの人形さながら、聞き取れないほどの早口だった。

スポットライトは花車だけを照らし出していた。音楽が流れ始めた。スローバラードのような、静かできれいな曲だった。花車の中の人形は相変わらず、あらぬ方向に視線を投げたまま喋り続けていた。

舞台には他に役者は登場していなかった。客席の観客は、全員、花車を注視していた。花車の中の人形役の女優が、けらけら笑いながら手足をばたつかせてみせたからだ。

その時、ライトが届かない舞台の隅に、私はふと人影をみとめた。ああ、と私は密かにため息をついた。人影は次第に形をとり、かと思うと、淡い墨絵のようにぼやけ、消えてしまうかと思えば、再び力を得たようにまた輪郭をはっきりさせた。

胸が熱くなった。佐和子さんだ、と私は思った。佐和子さんが来ている。佐和子さんが舞台にいて、こちらを見ている。

佐和子は舞台の隅のほうに佇み、私のほうを見て穏やかに微笑んでいた。その腕の中には赤ん坊とおぼしき、おくるみにくるまれた小さな塊があった。

佐和子は赤ん坊の顔を覗きこみ、頬ずりをし、再び私のほうを見た。歓迎、喜び、懐かしさ……そんな気持ちがひしひしと伝わってきた。ほんの少しだけ、残念そうな、無念そうな思いがその中に混じってはいたものの、悲しみとか後悔とか寂しさのようなものは、一切感じられなかった。

それは、生前、自分の身に起こったことすべてを淡々と受け入れ、嘆くことなく自分の死を認めた死者が、改めて静かに過去を振り返る時のような気持ちだった。同時にそこには、敏彦に対する深い情愛、姉のような母のような穏やかな気持ちも含まれていた。

私はそっとそれを受け止めた。佐和子の気持ちは、私の中をぐるりと一巡し、私自身の思い出と溶け合って消えていった。

瞬きを一度し、深く息を吸って、佐和子のほうに目を向けた。佐和子はもう見えなかった。

二時間に及ぶ芝居を見終わり、客席の外に出ると、敏彦が私を呼び止めた。ずっと舞台裏にいたんだ、と彼は言った。りっちゃんが来てくれてたことは知ってたよ、ありがとう、どうだった?

「最高でした」と私は言った。本心だった。

佐和子が現れた話はしなかった。したところで信じてはもらえなかっただろう。

敏彦は元気そうだった。相変わらず頬がこけ、やつれてはいたが、あの銀杏の木の下で抱き合った時に比べれば、いくらか顔色がよくなったように見えた。

「お茶でも、って誘いたいところだけど」彼は私の腕を取るようにして、劇場の外に通じる狭い階段を上がりながら言った。「これから反省会があるんだよ。だから誘えない」

いいんです、と私は言った。会えただけでもよかった……そう言おうとしたのだが、恥ずかしくて言えなかった。

私たちが立っていたのは、劇場前の舗道だった。舗道には数本の桜の木が並んでいた。私たちのまわりを芝居帰りの客たちが行き交い、夜桜を見上げては笑いさざめきながら通り過ぎて行った。

「またね、りっちゃん。いい芝居が書けたら、知らせるよ。元気でね」

「先生も」

私はその時、敏彦の後ろを花車に乗った佐和子がゆっくりと通り過ぎていくのを見た。花車は文字通り、花でいっぱいだった。佐和子はおかっぱ頭にし、絣の着物を着て、胸に赤ん坊を抱いていた。幸福そうに微笑んではいたが、佐和子は敏彦のほうは見なかった。彼女はすでに、あちらの世界にいるのだった。あちらの世界にいて、死者の静寂を受け入れているのだった。

敏彦は私の視線に気づき、怪訝な顔をして後ろを振り向いた。彼の目には何も映らないようだった。

再び私のほうに向き直ると、彼は唇を舐め、姿勢を正した。しばらくの間、何か言いたそうにしていたが、言葉を飲み込むようにしてごくりと喉を鳴らすと、彼は長い髪を揺すって空を仰いだ。

「もう春だね」

その言葉を待っていたかのように、暖かな夜風が吹き過ぎ、無数の桜の花びらがはらはらと舗道に舞いおりた。

降りしきる花びらの中、花車は遠ざかり、闇に溶け、やがて何も見えなくなった。

天使
てんし

子供のころ、本間《ほんま》のおじさんが家を訪ねて来るたびに、私と双子の妹たちは、部屋でわくわくしながら名前を呼ばれるのを待ったものだった。

客間で大人同士の賑やかな挨拶が続いた後、母の声が廊下に響き渡る。「律子、直美、明美。こっちにいらっしゃい。本間さんがあんたたちにおみやげを持って来てくだすったのよ」

私は妹たちを従え、駆け出さないよう注意しながら早足で客間に行く。開けた障子の向こうで、大きな座布団にでんと座った本間のおじさんが、にこにこしながら私たちを手招きする。

私たちはそれぞれ、薄桃色の美しい和紙でくるまれた小箱を手渡される。開けてごらん、と言われ、大人たちの見守る中、和紙が破れないよう注意しながら、小箱を開ける。中には色とりどりの、いろいろな花の形に作られた品のいい干菓子が詰められている。牡丹《ぼたん》、菊、菖蒲《しょうぶ》、桜……。触れただけで壊れそうなほど繊細な干菓子である。

ありがとう、おじさん、と私たちは顔を上気させたまま、口々に言う。おじさんはくつろいだ姿勢で煙草をふかし、嬉しそうに大きくうなずく。

おじさんは父の学生時代の先輩にあたる。あのころは確か、まだ四十になったかならないかの若さだったはずである。なのに、おじさんは立派な太鼓腹をしていて、座るとズボンのベルトが見えなくなるほどだった。

いつもにこにこしているので、母はおじさんのことを「えびす様みたい」と形容した。あまりにも的確な表現だったから、その後、何かの機会にえびす様の絵を目にすると、決まって本間のおじさんを思い出したものである。

子煩悩で、妻との間に三人の子をなしたが、全員が男の子だった。「いいんだ、いいんだ、僕の娘はここにいる」と言って、私や双子の頭を撫でるのがおじさんの癖だった。

手にした干菓子にうっとりしている私たちの目の前で、おじさんが父と母に上生菓子の詰合せを手渡す。甘いものが好きだった母は、少女のように顔を輝かせ、お茶をいれるためにいそいそと台所に入って行く。

おじさん、この次は動物の形をしたお菓子が欲しいな、と双子がねだる。ああ、いいとも、明美ちゃんたちのためなら、何だって作ってやるよ、と本間のおじさんはにこにこ顔で応える。「何の動物がいいの？」

「ペンギン」と双子が口をそろえる。「あと、子鹿のバンビも」

「いいともさ。ペンギンと子鹿のバンビだね。わかった。約束しよう。ほら、指切りげんまんだ」

約束の指切りをしている妹たちを見て、父が笑う。「こらこら。無理を言うんじゃないよ。本間さんのお店のお菓子はね、大人が買いに行くお菓子なんだよ。ペンギンだのバンビだの、子供っぽいお菓子は似合わないんだからね」

いいんだよ、と本間のおじさんは目を細める。「ペンギンでもバンビでも、ゴジラの饅頭《まんじゆう》だって何だって作ってやるよ」

そして本当に約束通り、本間のおじさんはその次に家に来る時、ペンギンと子鹿のバンビが浮き彫りになった、特製の美しい干菓子を持って来る。そして、今日からこれも、うちの売り物になった、と言ってげらげら笑う。

浅草にある和菓子屋〝本間屋〟の二代目だった本間のおじさんは、もともとそういう人であった。

昭和四十六年八月。その年、大学受験に失敗した私は予備校に通っていた。夏ともなると、クーラーの効いた場所を求めてやって来る予備校生たちで、教室は芋の子を洗うような混雑ぶりになる。だから私は夏期講習を受けるのをやめ、夏の間は自宅で勉強することに決めていた。

お盆のころだったと思う。暑さが厳しい昼下がり、昼食の後で私は母から、本間のおじさんに隠し子がいた、という話を打ち明けられた。

双子の妹、明美と直美は高校の林間学校に行っていて留守だったし、祖母は近所の茶飲み友達の家にあがりこんでいて、まだ帰っていなかった。家の中に他に誰もいないというのに、母は落花生を盛った器を私の前に差し出した途端、あたりをはばかるようにして声をひそめた。「お父さんも人が悪いわ。知っててずっと教えてくれなかったんだもの。ゆうべ初めて聞いたのよ」

本間のおじさんには、十七年ほど前、妻に隠れてつきあっていた女性がいた、という。その女性は、本間のおじさんの子供を妊娠したとわかった時、彼に認知を迫った。おじさんがいかに優しい人間であったとしても、それとこれとは別の話である。弱り果てた本間のおじさんは、なんとか子供を諦めてくれるよう彼女に頼んだ。

　自尊心が高かったからか。それともすでに中絶することが不可能な時期になっていたからか。認知してくれなくても私は生みます、と言い張り、彼女は郷里の尼崎《あまがさき》に帰って出産を済ませた。本間のおじさんはその後も妻に隠れて毎月、養育費を彼女のもとに送金し続け、一年に一度、その子の誕生日になると、子供に会いにこっそり尼崎まで出かけていた、という話だった。

「生まれたのは男の子だったのよ」母は、急須に魔法瓶の湯を注ぎながら言った。「その女の人、ずっと尼崎にあるバーで働いてたんだけど、最近になって好きな男の人ができたらしくてね。息子を置きざりにしたまんま、その男の人と逃げちゃったっていうの。置き手紙を残しただけで。いくらなんでも、ひどい話よね。それで、男の子は近所のアパートに住んでるおばあちゃんが預かってたんだけど、おばあちゃんが、こないだ階段から落ちて足の骨を折っちゃって。もちろん入院よ。年をとってるから長くかかりそうなんだって。おばあちゃんが入院したら、男の子はひとりぼっちになっちゃうわけでしょ。まだ未成年だし、預かってもらえるような親しい人もいないし、どうすればいいのか、って、おばあちゃんが困って、泣きながら本間さんに電話してきたんですって」

「その男の子って幾つなの？」私は聞いた。

「来年、中学を卒業する、って言ってたから、ええと……今年、十五よね」

ふうん、と言って、私は音を立ててお茶をすすり、たて続けに落花生の皮をむいた。

母もまた、私につられるようにして落花生に手を伸ばした。「中三って言ったら、明美たちの一つ下ってことでしょう？　まだまだ子供なのにね。かわいそうに」

「信じられない」

「え？　何が？」

「あの本間のおじさんが、陰でそんなことしてたなんて」

母は曖昧にうなずいて、目を伏せながら小首を傾げて微笑んだ。「優しい人ですものね、本間さんて。困ってる人のことは、絶対、見捨てられない性分なんだもの。子供でも動物でも女の人でも……」

「お母さんはどう？　もしもお父さんが外の女の人に子供を生ませてた、ってわかったらどうする？」

さあ、と母は伏せた目を長い睫毛の下で瞬かせ、食卓の下で足をくずした。

「どうしようかしら」

「許すの？」

母はやわらかく笑った。「いやね、律子ったら。今、そんなこと聞かれたってわからないわよ。そういうことって、そうなった時じゃないとわからないものでしょう？」

母は正しい、とその時思ったが、私は黙っていた。どうしてなのか、わからない。別に潔癖を気取りたかったわけでもない。ただ、その時の私には、本間のおじさんのように優しく家庭的な人が、妻に黙って外に女性をつくり、子供まで生ませていた、という事実が、途方もなく不愉快だった。

男と女の間には、どんなことでも起こり得る、と頭ではわかっていた。だが、ペンギンやバンビの干菓子まで特別に作って持って来てくれるような、「えびす様」とあだ名されるような、そんなおじさんに、「外の女」だの「隠し子」だのといった言葉は似合わなかった。本間のおじさんが、女の人と裸で抱き合い、汗を流しながらうめき声をあげている姿は、どうしても想像できなかった。

本間のおじさんと尼崎の女性との間に生まれた子供は、石田光男《いしだみつお》という名だった。どう考えても他に頼めるような人はいない、短い間でかまわないから、光男の受け入れ先が決まるまで、二学期が始まるころからなんとか預かってはくれないだろうか……おじさんが私の父にそう懇願したのは、私が母からおじさんの隠し子の話を聞いた翌日の夜である。

夜遅く父に会いにわが家にやってきたおじさんは、ビールを飲みながら父と長い間、ぼそぼそと喋っていた。一階の客間の真上が私の勉強部屋だった。どちらの部屋の窓も開け放していたので、時折、おじさんの声が驚くほどはっきりと聞き取れた。「申し訳ない」とか「お礼はいくらでも」とか「あの女は」などという言葉が切れ切れに聞こえ、合間に父の弱々しい愛想笑いと、間が抜けたようにして、ちりん、と小さく鳴る風鈴の音とが混じった。

二時間ほどたってから、おじさんがいとまを告げたようなので、私も玄関まで見送りに出た。玄関先に立ったおじさんは、いつもとは打って変わった堅苦しい調子で、やおら両膝に手をあて、父に向かって深々と頭を下げた。

「頼む。この通りだ」

「いやだな、本間さん」父は言った。「頭を上げてくださいよ。お預かりすると言ったって、大したことをするわけじゃなし。子供が一人増えたと思って、楽しむことにしますから、そんなに深刻になられちゃ困ります」

だが、おじさんは頭を上げなかった。下げたままのおじさんの頭がわずかに揺れ、揺れたと思ったら、何か透明なものがすっと糸を引いて三和土に伸びていくのが見えた。ドアの外の繁みで、しきりと虫が鳴いているのが聞こえた。

おじさんは慌てて鼻を手でおさえ、濡れた目を細めながら顔を上げた。私が両親の後ろに立っていることに、おじさんはその時初めて気づいた様子だった。

「やあ、りっちゃんか」とおじさんは痛々しいほどの笑顔を作り、ズボンのポケットからハンカチを取り出して、素早く鼻の下を拭った。「しばらく見ない間に、きれいになったねえ。元気でしっかり勉強してるかい？」

「はい」

「後でお父さんたちから詳しい話を聞いておくれ。おじさんは恥ずかしいことをお父さんにお願いしたんだよ。ほんとうに恥ずかしい。りっちゃんの受験だっていう時にね。でも、絶対にりっちゃんに迷惑はかけさせないからね。それだけは約束するよ。指切りげんまんだ」

だが、おじさんは昔のように、大きな握りこぶしを作って太い小指を突き出してはこなかった。

返す言葉に詰まって、私がぼんやりしていると、おじさんは悲しそうな顔をして父と母に微笑み、「それじゃ」と言うなり、外に出て行った。太ったおじさんの、上等なズボンに包まれた愛嬌《あいきよう》のある大きなお尻が、ドアの向こうに逃げるようにして消えていくのが見えた。

「いったいどうしたの?」私は母に聞いた。「もしかして、おじさんの子供がうちに来るの?」

母が、それがね、と説明を始めようとした時だった。父が母を睨みつけた。

「まだ決まったわけじゃないんだからな」

「さっき、お引き受けするって言ったじゃないの」

「本間さんの手前、とりあえずは、ああ答えておくしかないだろう」

「律子の受験のことだったら、そんなに心配はいらないと思うけど」

「そんなことを心配してるんじゃないよ。なにしろ、相手は年頃の男の子だ。もしものことがあったらどうする。うちにも年頃の娘がいるんだからな。しかも三人」

母はくすくす笑った。「大丈夫よ。部屋を一緒にするわけじゃあるまいし……」

「そういう問題じゃない」父は吐き捨てるようにそう言うと、不機嫌そうに奥に引っ込んで行った。

あらあら、と母が可笑しそうに小声で言った。「男親って、難しいわねえ」

家中の開け放された窓という窓から、いくらか涼しくなった夜風が吹き込んできて、茶の間に面した縁側の風鈴が軽やかな音をたてた。

もともと父は本間のおじさんに、心の借りがあった。祖父の代からの製本会社を祖父の急死でいきなり継がされた際、本間のおじさんの親身なアドバイスがあったからこそ、父は未知の世界への不安を克服することができたのだと聞いている。父は本間のおじさんの頼みごとを断りにくい立場にあったのだ。

石田光男が、本間のおじさんに連れられてわが家にやって来たのは、八月最後の日曜日である。

前日の土曜日、朝の新幹線で東京に連れて来てからは、一日中、東京見物をさせ、その晩、本間のおじさんは都内の高級ホテルをとって二人で泊まったのだという。

「昨日は楽しかったなあ、おい」おじさんはにこにこしながら、光男の背をぽんと叩いた。「でも二学期からはこっちの学校に行くんだからな。みんな、おまえのことを心配してくれてるんだ。しっかり勉強しなけりゃ罰があたるぞ。いいな？」

見るからに手入れの悪い、くたびれた学生ズボンをはいて客間の座布団に正座し、陶器の置物みたいに硬くなっていた光男は、顔を真っ赤にさせてうつむいた。

短期間であれ、同じ年頃の少年と少女を同居させることをあれほど案じていた父も、光男をひと目見るなり、すべての不安がいっぺんに消え去ったものと思われる。実際、そこにいたのは、坊主頭の小柄で朴訥《ぼくとつ》とした、極端に照れ性の少年だった。

膝の上に載せた両手をしきりともじもじさせるものだから、ただでさえ折り目を失った古いズボンが皺だらけになってしまう。脇に置いた学生帽に時折、手を伸ばし、それを触ると安心するのか、しきりといじり回す。

それでも本間のおじさんが気をつかったか、シャツは真っ白で清潔だったし、ボタンも一つも取れておらず、靴下は真新しかった。人の家の世話になるための準備は滞りなく済ませてきた、といった様子なのが、いっそう微笑ましかった。

少しでもくつろいでもらおうと、母が何くれとなく話しかけ、ジュースを運んだり、お茶をいれたり、駄菓子を盛り合わせた菓子器を持って来てすすめたりしていた。その都度、光男はこわれた信号のように顔を赤くしながら黙ってうなずいていたが、食欲には負けるのか、そのうちおずおずと、すすめられたものに手を伸ばし始めた。

しばらくの間、大人たちのあたりさわりのない会話が続いた。いつまでたっても口を開こうとしない光男に業を煮やし、同席していた双子が、尼崎の中学では何のクラブに入っていたのか、と質問した。

光男は顔を赤く染めたまま、ゆっくり首を横に振った。「クラブはどこにも入ってないねん。学校がひけたら、新聞配達のバイトをせなあかんから」

家に来てから、初めて光男がまともに口をきいた瞬間だった。居合わせた誰もが光男に注目した。

「新聞配達をしてるの？　わあ、偉いんだ」明美が身を乗り出した。

直美も目を輝かせた。「新聞配達って朝だけかと思ってたけど、そうよね、そう言えば、夕刊もあったんだものね」

「夕刊だけやない。朝も配達しとるんよ」

「ええっ？　朝も？　えらーい」

「五時起きやから、時々、眠とうて眠とうて、授業中にいびきかいて寝てしまうねんけどな、先生がええ人やさかい、かわいそう思うてくれて、起こさんといてくれるんや」

「じゃあ、ぐっすり眠れるね」直美が笑った。そうや、ぐっすりや、と光男も言い、くすくす笑った。私も笑った。母も父も笑った。本間のおじさんだけが笑わなかった。おじさんは目を潤ませ、洟をすすると「ちょっとトイレ」と言いながら、慌ただしく部屋を出て行った。

本間のおじさんはその日、夕方まで一緒にいて、帰って行った。おじさんの帰りぎわ、さすがに光男は心細くなったらしい。見捨てられた子犬のように今にも鼻を鳴らし始めそうな顔でおじさんを見ていたが、玄関先でおじさんに「なんだ、その顔は。男だろ。しっかりしなくちゃだめだぞ」と言われると、「うん」と背筋を伸ばし、猿のように赤い顔をくしゃくしゃにして笑った。

光男を交えた初めての夕食は、すき焼きだった。新しい居候を歓迎する意味で、食べきれないほどたくさんの牛肉が用意された。

光男が来るまでは、父と一緒になって、年頃の男の子を律子や明美たちと一つ屋根の下に置くなんて非常識だ、とか、子供を見捨てて男と出ていくような母親に育てられた子なんだよ、どうしようもない不良だったらどうするの、などとぶつぶつ言っていた祖母も、光男を見て、その素朴さが気にいったものらしい。せっせと光男の器に肉を取り分けてやりながら、祖母は「男の孫も欲しかったねえ」などと言って、光男の見事な食べっぷりを目を細めて見ていた。

父は珍しく日本酒の熱燗《あつかん》を飲み、機嫌がよかった。飛び入りの同世代の男の子が関西弁を喋ってくれるのが楽しかったらしく、双子たちは何やら興奮していた。食卓は終始、和やかな笑いに包まれた。

食事を終え、みんなでデザートの梨を食べていた時である。がぶりと梨を頬張った光男が、ふいに口の動きを止めた。口ばかりではない、呼吸まで止めたように思われた。

家族全員が、見るともなく光男を見た。どうしたの、と母が小声で聞いた。光男は梨を口にふくんだまま、聞き取れないほど小さな声で「夢みたいや」と言った。「こんな楽しい食事、したことあらへんかった。ほんま、夢みたいや」

梨を噛み砕く、しゃりしゃりという慎《つつ》ましい音がそれに続いた。光男が顔をあげ、私たちに向かって幸福そうに笑いかけた。

その目に涙の跡は何もなく、不安も寂しさも猜疑心《さいぎしん》も絶望も、かけらすらなく、そこに見えたのはただ、海のようにたゆたい、うねり続ける、豊かな満足感と素直な感謝の気持ち、そして澄んだまっすぐな希望の光だけだった。

当時、私には遠藤伸也《えんどうしんや》という男友達がいた。高校三年の時、同級になってからつきあい始め、仲良く一緒に浪人生活に入った間柄である。

伸也は高校時代、反戦活動を行っていた。といっても、せいぜい新宿の西口フォーク集会やべ平連の主催するデモに参加する程度で、ヘルメットとタオルで武装してデモに出たことは数えるほどしかない。学校キャンパス内でのアジ演説は、演説していると気分が高揚する、という理由でたいてい彼が引き受けていたから、そのせいで目立っていたことは事実だが、授業をボイコットしたことも、教師を吊るし上げたこともなかった。彼を過激派と称するのなら、あの時代を生きていた若者の誰もが、そう呼ばれるに値しただろう。

だが、父と祖母は、伸也の肩まで伸ばした長髪と、少しイカれた感じのする派手な服装に嫌悪感を抱いたのか、私が彼と交際することにいい顔はしなかった。父は、昭和二十年代に地下活動をしていた共産党員の学生の話を引き合いに出し、思想活動をする男には誓ってろくな人間はいない、などと言いだす始末だった。

周囲に反対されればされるほど、私の中でくすぶっていた火が大きく燃え拡がった。あれほど父や祖母に嫌な顔をされなかったら、私は伸也と真剣な恋におちることはなかったかもしれない。

その遠藤伸也が、久しぶりに私の家にやって来たのは、光男が新しく通い始めた中学校で、秋の大運動会が行われた日のことだった。

本間のおじさんは、家族の手前、どうしても家を出て来ることができなかったが、代わりに母と祖母が手作り弁当を手に、光男の中学まで出かけて行った。父は早朝から接待ゴルフで家を留守にしていた。どこに遊びに行ったのか、双子も午後から外に出て行って家にいなかった。

祖母と父が留守の時にしか、伸也を家に招くことができなかったから、その日は最良の日だったと言っていい。おまけに母も双子もいないとなれば、私と伸也にとっては僥倖《ぎようこう》のようなひとときが約束されるわけである。案の定、伸也は私の部屋に入って来るなり、待ちかねていたように私を抱きしめた。

愛情のこもった軽い接吻が続き、やがて唇と唇が触れ合うと、ただそれだけで伸也の口から喘ぎ声がもれる。伸也の手が私の着ているブラウスの前ボタンにかかり、かかったと思った瞬間、ボタンはぱらぱらと怖いほどの勢いではずされていって、気がつくと少女じみた白いブラジャーの奥の肌に彼の指先が届いている。

それ以上はだめ、さわっちゃだめ……私は必死になって彼の手を阻止しようとする。なのに、彼は容赦なく私の身体を愛撫《あいぶ》し始める。立っていられないほど、とろけるような気持ちになり、私たちはもつれ合うようにしてベッドに腰をおろす。彼の手が私のスカートにかかる。彼の喘ぎ声がいっそう烈しくなる。まるで彼が、彼ではない人間になったように感じられる。

「だめ！」と私は声を荒らげ、やおら腰を浮かせて、はだけていたブラウスの前を隠しながら彼から離れる。「だめよ。だめだって言ったでしょ」

口にしている言葉のきつさとは裏腹に、自分が彼と同様、喘いでいることを知って、気恥ずかしいような気持ちにかられる。伸也は情けないような笑みを浮かべながら、「わかってる」と言う。「ごめん。わかってるんだ。でもどうしても……」

そういう時、決まって伸也は泣きそうな顔をする。時として、本当に泣いているのではないか、と思うこともある。

その時もそうだった。伸也は目を潤ませたまま、「ごめん」と言い続けた。「悪かった。まだまだ理性が足りないな。人間ができてないんだ。いやになるよ」

私と伸也とは、大学に合格するまでは決して身体の関係を持たない、という約束を交わし合っていた。キスはいい、抱き合うのもかまわない、乳房に少し触れるのもよしとしよう、だがスカートの下、下半身に触れてはならない、苦しくなったらその気持ちを勉強にふりあてよう、入試に合格したら、いくらでも好きなことができるのだから……というのが私たちが取り交わした、子供じみた大まじめな約束の内容であった。

私はブラウスのボタンをとめ、危うくはずれそうになったスカートのフックを元に戻すと、足をそろえてそっと伸也の脇に腰をおろした。行き場を失い、とぐろを巻いたまま鎮まっていく欲望が、彼ばかりではない、私までをも切なくさせていることはよくわかっていた。

私は言った。「光男ちゃんも同居するようになったし、受験もどんどん迫ってくるし、これからはなかなか、こんなふうには会えなくなるかもしれないわね」

伸也はジャケットの胸ポケットから皺の寄ったセブンスターのパッケージを取り出し、一本くわえてマッチで火をつけた。私は机の引出しの奥から、アルミホイルを四角く折って作った手製の灰皿を取り出した。アルミホイルだから、燃え移る心配もないし、吸殻もそのままくるんで捨てられる。部屋で喫煙していることを親に知られないようにするために、私が編み出した方法だった。

私が煙草をくわえ、火をつけてもらおうとして口を突き出すと、彼は乱暴にマッチの箱を投げてよこした。伸也は明らかに不機嫌になっていた。性的欲望が満たされないと、私に向かって露骨に不機嫌な顔を見せるようになったのも、そのころからだった。

「どんな子?」彼は煙を吐き出しながら聞いた。

「え?」

「その光男ってやつだよ。聞いてなかったからさ」

「そう? 教えたじゃないの」

「本間さんとかいう人の隠し子で、今年十五歳だってことは聞いてるよ。関西弁のいがぐり頭だってことも聞いた。でも、どんなやつなのかはよく知らない。りっちゃんは、そういうことを説明するのが下手《へた》くそだからな」

「下手くそで悪かったわね。素直でとってもいい子だ、って言ったはずよ。恥ずかしがり屋なんだ、って教えたでしょ。すぐに赤くなって、もじもじして……」

「十五歳だろ? それが手なんだよ、きっと」

「手? それ、どういう意味よ」

「きみたち女性軍に好かれるための手。なにしろこの家には、お母さんをはじめとして、おばあさん、きみ、明美ちゃんと直美ちゃんの五人の女がいるんだから」

「そんなに計算高い子じゃないわ。考え過ぎよ。会えばわかるから。素朴な子なのよ。優しくって……そうね、変な言い方かもしれないけど、天使みたいなところがあるの。苦労ばっかりしてきたのにね。全然、そんな感じがしないの。一緒にいると、こっちまで気持ちがなごんじゃうのよ」

「どうかな」伸也は口もとに不遜にも見える笑みを浮かべながら言った。「夜は忘れずに部屋に鍵をかけといたほうがいい。天使だって、たまには地上に降りて来るんだから」

「頭がおかしいんじゃない？　あの子が私に何をするっていうのよ」

彼はアルミホイルの灰皿に煙草をもみ消すと、にじり寄るようにして私に近づき、私の膝を撫でまわした。「僕が彼の立場だったら、この家の五人の女の中からは、間違いなくりっちゃんを選び出すもんな」

あの瞬間、階下の廊下でけたたましく電話が鳴り出さなかったら、私は伸也の手を払いのけ、「出てってよ」と言っていたかもしれない。「そういう考え方する人って、大嫌いよ」と。

伸也の言い方には、俗世間の垢が感じられた。私などには計り知れない種類の不幸な境遇を受け入れ、それでも笑顔を忘れず、人を信じ、前を向いて生きてきた光男のような少年が、たとえちょっとした冗談であれ、そうした不潔な想像で汚されるのはたまらなくいやだった。

「電話だよ」と伸也は言い、私の膝に載せていた手をひっこめた。私はスカートをひるがえして立ち上がり、部屋から走り出た。

電話をしてきたのは光男だった。もしもし、律子さんですか、僕、光男です、と彼は言った。関西弁のアクセントが清々《すがすが》しかった。

光男ははずんだ息の中で言った。「僕な、さっき、百メートル競走の決勝で一等とりましてん。賞品に、ケース入りのシャープペンとボールペンのセットまでもろてしもた」

「ほんと？　わあ、すごい。おめでとう。よかったね」

「全校で一番なんやて。こっちの子ぉは足が遅いんかもしれへんなあ。尼崎じゃ、僕、よくても二等しかとれへんかったから」

「そんなことないわよ。光男ちゃんの足、誰よりも速いのよ。きっとこれから皆の評判になるわね。お母さんたちも一緒？」

何を思ったか、光男は突然、敬語を使った。「はい、一緒です」

「変ね、敬語なんか使わなくたっていいのよ。光男ちゃん、ここしばらくはうちの家族なんじゃないの」

「はい……いえ、うん。律子さんにこのこと早う教えてやりいな、ってお母さんに言われたもんやから。そやから電話しました。これから着替えて、お母さんらと一緒に帰ります。ほな、また後で」

部屋に戻ると、伸也が「あのさ」と言った。「もう、ここで会うのはやめにしないか」

「どうして？」

「りっちゃんが目の前にいて、ドアが閉まってて、僕らを邪魔してくるやつは誰もいないっていうのに、僕はりっちゃんを抱くことができないんだ。あんまりだよ。苦しすぎて気が変になる」

私は黙っていた。私にもどうすることもできなかった。

「もしきみがどうしても、あの約束を守り抜きたいって言うんだったら」彼は続けた。「ここで会うのはやめよう。会うのは外。もしくは予備校と喫茶店だけ。そのほうが僕たちのためにもいい」

うん、と私はうなずいた。うなずきながら、今自分がここで裸になり、彼の胸の中に飛び込んでいきさえすれば、こうしたつまらない、諍いにもならない問題はただちに解決するのだろう、とぼんやり考えた。

伸也は持って来たショルダーバッグを肩にかけて、ぎこちない笑顔を作った。

「外に出ないか。天気もいいし。公園を散歩して、コーヒーを飲みに行ってもいいし、映画を見に行ってもいい。それとも予備校の自習室で夜まで一緒に勉強する?」

「最後のプランだけは反対」私は言った。右に同じ、と彼は力なく笑った。

私たちは外に出て、ぶらぶら歩いて自宅近くの公園に行った。すべり台では近所の子供たちが歓声をあげていた。汗ばむほどの陽気だったが、木々の梢《こずえ》を吹き抜けてくる風は、秋の冷たさをはらんでいた。

空いていたベンチに座り、英単語の暗記をし合っていた時だ。運動会から戻ってきた光男と母、祖母が傍を通りかかった。

祖母に伸也と一緒にいるところを見られ、私は慌てた。慌てすぎたためだろう、伸也を光男に紹介する時に、「私の友達」という常套句《じょうとうく》が出てこなかった。「彼は私の……」と言いかけて、後が続かなくなり、咄嗟に私は口をつぐんだ。

曖昧な言い方が、かえって祖母に悪印象を与えたらしい。祖母が私を睨みつけた。

秋の夕暮れ時の木もれ日の中、光男は学生帽を脱ぐと、伸也に向かってぺこりと頭を下げた。その手には、汗ばんだようになった賞品のボールペンセットの小箱がしっかりと握られていた。少し日に焼けたのか、それとも傾きかけた太陽があたりを橙色に染め始めたせいか、ただでさえすぐに赤くなる彼の顔は、みるみるうちに熟したトマトのように真っ赤になった。

私と伸也はその後、電車を乗り継いで新宿まで行き、安い映画館で上映していた『ひまわり』を見た。マルチェロ・マストロヤンニとソフィア・ローレン主演の戦争悲恋映画である。

映画を見終わって、胸を熱くしながら映画館を出た時、伸也はそっと私の肩を抱き寄せ、「ごめんよ」と言った。「今日は僕、何かひどいことを言ったような気がする」

「何？」

「あの子……光男ちゃんについてだよ」

ふいに気持ちが晴れわたった。私は笑顔で首を横に振り、「ううん、いいの」と言った。

光男の成績は、呆れるほど悪かった。もう新聞配達のアルバイトをする必要もなくなったのだから、少しは勉強に精を出してもよさそうなものだったのだが、基礎的な学力が悉《ことごと》く劣っていたせいだろう、予習をしていても復習をしていても、光男はいつも途中で投げ出し、「さっぱりわからへん」などと言っては、へらへらと笑うのだった。

そんな光男をやんわりと叱ってやったのは私である。だめよ、光男ちゃん、世の中で初めから諦めていいことなんて、一つもないんだからね、やってみなければわからないじゃない、方法を見つけるのよ、自分に合った勉強のやり方さえ見つければ、あとは面白いくらいに頭に入ってくるものだから……と。

自分のことは棚に上げて、と内心、恥ずかしかったが、それでも私は時間の許す限り、光男の勉強につきあった。見るに見かねて、と言ったほうが正しい。

運動会の百メートル競走で一等になれるような人が、満足に英語のスペルも漢字も書けないなんて、恥ずかしいじゃない……そう言ってやると、光男はいつも目を輝かせて奮い立った。

「そうやね、律子さんの言う通りやね、僕も頑張らんとあかんよね。よおし、やったるぞ。律子さんに負けんよう、死ぬ気で頑張るで」

十月の終わりに、彼の通う中学校では中間試験が行われることになっていた。どの科目も百点満点中、最低四十点をとる、というのが彼の目標になった。

本間のおじさんは週に一度は、必ずわが家を訪れて、光男の様子をつぶさに観察して行った。おじさんは光男が中学を卒業したら、せめて高校だけは行かせてやりたいと、密かに費用の工面もしていたらしい。だが、尼崎の中学での成績よりもさらに悪くなった成績を見て、おじさんは「あかんなあ」と光男の関西弁を真似《まね》て苦笑した。「光男、これじゃあ、高校は無理だなあ」

かまへんよ、と光男は胸を張った。「僕、卒業したらすぐ就職するんやから。手に職つけて、りっぱな職人になるのが夢なんやもん」

「何の職人さんになるの？」母が優しく口をはさんだ。

「菓子職人」と光男は即座に答え、それを聞いた本間のおじさんの目には、また光るものがあった。

中間試験の結果はさんざんだった。全科目の平均点が四十点どころか、二十点にも満たず、数学と英語にいたってはわずか十点足らずというありさまである。

自分には教師の資格、教育者の素質がない、と身にしみて思ったのはあの時が初めてである。あんなに丁寧に教えたのに、と思うと、私は光男の成績が恨めしく、腹立たしくなった。受験勉強の時間を割いてまで、光男にかかりきりになった自分が馬鹿げて見えた。

だが光男のほうでは、成績が芳しくなかったことをさして悲観している様子もなかった。

中間試験があかんかったのなら、次は期末試験や、と彼は言った。「なんや知らん、少ぉしずつ、勉強のやり方っちゅうもんがわかってきたような気ぃがしてます。律子さんのおかげや。律子さんだけやない、この家のみんなのおかげや。みんながいてくれはるから、頑張ろう、いう気持ちになれるんやしね。律子さんやらおじさんやらおばさんやらに恥かかせんようするためには、僕がしっかり勉強せなあかんのや、思うてな。そう思うと、根性がどっかーん、ってすわってくるような気がしますねん」

坊主頭をかきかき、そんなふうに無邪気に言われると、私も返す言葉がなくなり、そうよね、ほんと、光男ちゃんはえらいわ、次で頑張ろうね、などと一緒になってうなずいてしまうのだった。

光男は、これまでの生活について、たいていのことは正直に話してくれた。足を骨折して入院している祖母が、光男の幼いころ、何かというと、ぺっぺっ、と掌に唾をつけて光男の頭を撫でるのが癖だったという話、尼崎まで来てくれた本間のおじさんが、光男が小学校に入学した年の誕生日、ぴかぴかの自転車を買ってくれたという話、尼崎の中学で彼が密かに思いを寄せていたという同じクラスの女の子の話、思いあまってその女の子を校庭の桜の木の下に呼び出し、倒れそうになるほど胸をどきどきさせながら、「好きや」と告白したら、いきなり持っていた学生鞄で頭を殴られた、という話……。

だが、光男は決して、自分を置いて出て行った母親のことは口にしなかった。もちろん、私たちも母親については何ひとつ、質問しなかった。話がめぐりめぐって、偶然、そちらのほうに流れていきそうになることもないではなかった。そういう時は、居合わせた誰かがさりげなく話題を変えた。

だが、たった一度だけ、彼が自分から母親の話をし始めたことがある。傍には私しかいなかった。彼は私にだけ、あの話を打ち明けてきたのだった。

クリスマスが近づいた月曜日だった。前々日の土曜日に、予備校で年末の一斉模擬試験が行われ、その際、たまたまスチームの壊れている教室で試験を受けたため、風邪をひいたらしい。寒けがして微熱も出てきたので、大事をとり、私はその日、予備校を休んだ。

見舞いを口実に、伸也がおそるおそる家にやって来たのは、午後三時を回ったころである。階段の下から母に声をかけられ、私はパジャマにカーディガンをひっかけて、玄関まで飛んで行った。

大学に合格するまでは二度と部屋で二人きりにはならない……光男の運動会のあった日、あれほど固く約束し合ったというのに、見舞いに来てくれた伸也を目の前にして、私はどういうわけか、ふいにいたたまれない気持ちにかられた。彼の体温を身近に感じたい、彼に触れたい、彼の胸に顔を埋めたい……そんな欲望を抑えきれなくなったのは、風邪のせいで気が弱くなっていたためなのだろうか。それとも、心配そうに私を見つめる伸也のまなざしに、胸を熱くさせたからなのだろうか。

ねえ、お母さん、ちょっとだけいいでしょ？……私が聞くと、母は唇に人さし指をあてがい、「いいわ、早く二階に行きなさい」と小声で言った。「おばあちゃんはテレビを見たまんま、居眠りしてるから。黙ってればわからないわ」

母は私と伸也の交際に寛大だった。もしかすると、手を握ってキスくらいはしているだろうと思っていたかもしれない。だが、母はひと言もその種の質問はしなかった。よもや私が伸也とベッドの上で絡み合っているのを見てしまったとしても、母はのんびりと天気の話などしながら持って来た紅茶を机に載せ、何事もなかったような顔で部屋を出て行ったに違いない。母はそういう人間だった。自分の子、自分の家族に限らず、母が誰かを本気で咎め、罵り、意見しているのを私は見たことがない。

先に伸也を二階に行かせ、後から続こうとした私は母に呼び止められた。「これから買物に行ってくるけど、何か買って来るものある?」

ううん、別に、と答えながら、私は内心、母が買物に行く、家には居眠りしている祖母以外、誰もいなくなる、と思い、うしろめたいような悦《よろこ》びに包まれていた。

石油ストーブをつけっ放しにしていた私の部屋は、少し暑かった。私は着ていたカーディガンを脱ぎ、ベッドに腰をおろした。ブラジャーをつけていないパジャマの胸のあたりに、伸也の視線が素早く走るのがわかった。

「熱は?」伸也が聞いた。

「それほどでもない。平気よ。すぐによくなるから」

「入試が近づくと、風邪をひきやすくなるんだってさ。気をつけなくちゃ」彼の手が伸びてきて、私の額をまさぐった。「うん、やっぱり熱っぽいな。寝てなくちゃだめだよ」

ベッドから立ち上がった伸也は、私のために布団を整えてくれたが、私は首を横に振って断った。「いいの。起きてたいから。何か飲む？　持って来ようか」

いや、いらない、と彼は言った。

私たちはそれからしばらく、模擬試験の話を続けた。話ははずまなかった。何故なのか、わからなかった。自分の気分が悪いせいか、と思ってみたが、そうでもなさそうだった。

ごめんね、伸也、と私は言った。「この部屋で二人きりで会うのはやめよう、って約束したのにね」

「今日は見舞いに来たんだ。特別さ」

私はうなずいた。伸也の目が私の目をとらえた。私たちは薄く微笑み合った。彼の温かな大きな手が、気がつくとすぐ目の前にあった。その手は、私の頬を、私の耳朶《みみたぶ》を、私の首すじをそっと撫で始めた。

覚えのある、こみあげてくるような熱い感覚が、下腹のあたりで静かに渦を巻き始めるのがわかった。温かな湯のようになったその感覚は、次第に身体全体に拡がっていき、胸と背中を一巡したかと思うと、出口を求めて疼《うず》くかのように烈しく燃え始めた。

双子も光男も、まだ学校から帰っていなかった。ずっと帰って来なければいい、と私は思った。買物に出た母も、会社に行っている父も帰って来なければいい、居間で居眠りしている祖母も、ずっと眠り続けていてくれればいい……そう思った。

私は自分から伸也の胸の中に顔を埋めた。伸也は私を受け止めた。汗ばんだこめかみのあたりに伸也の唇が触れた。パジャマの奥にもぐりこんできた伸也の手が、乳房を烈しく愛撫し始めた。

だめ、と言いながら、声にならないその声はすぐに喘ぎ声に変わった。長く烈しい接吻が続いた。頭の中が混乱した。考えがまとまらなくなった。ストーブの上にかけたやかんが蒸気をあげていたが、その蒸気の音を軽くかき消してしまうほどの大きな衣《きぬ》ずれの音が部屋中を満たした。

その時だった。私はふと、部屋のドアが少し開いていることに気づいた。確かに閉めたはずのドアだった。私は伸也の愛撫を避けながら、おそるおそる身体を起こした。

ドアの隙間から見えたのは、黒い学生帽、黒い学生服、縦一列に並ぶ金ボタンだった。私は悲鳴をあげそうになりながら、大急ぎではだけていたパジャマの前を合わせ、後ろを向いた。

伸也は呆然《ぼうぜん》としていた。ぽかんと開けた彼の口が、事態の滑稽さを物語っていた。

「あ、あの、律子さん」とドアの向こうで光男が言った。「英語の期末テストでな、僕、五十点とったんや。それを教えんといかん、思うて……」

紙をこするような音がし、はらはらと室内に紙が舞い落ちる音がした。「テスト用紙、ここに置いとくで。確かに五十点やから……。あ、あの……なんも見てへんで。ほんまや。ノックしたんやけど、律子さん、聞こえへんかったみたいで……。そやから開けさしてもろうたんやけど……それだけや。ほな、また後で」

「光男ちゃん!」私が振り返り、呼び止めたのと、ばたばたと階段を駆け降りていく音がしたのは、ほぼ同時だった。

その晩遅く、家族が全員、寝静まったころ、私はそっと一階に降りた。台所で冷たい水を飲み、それでも足りずに冷蔵庫の牛乳をコップ一杯飲み、ひと息ついた。熱のせいか、牛乳の味はしなかった。

台所と廊下を隔てた茶の間で、小さな咳払《せきばら》いが聞こえたのはその時だ。誰もいないとばかり思っていたので、私はぎくりとした。暗がりの中、炬燵に両手を突っ込んで、背中を丸くして暖を取っていたのは、光男だった。

「ああ、びっくりした」私は茶の間の電灯の紐《ひも》を引きながら言った。「泥棒かと思った。電気くらいつければいいのに。どうしてこんなに暗いところにいるの」

「おどかそう思うてたわけやないんよ。なんや知らん、眠れんようになってしもうて……」

青いストライプの入ったパジャマの上に、毛玉の浮いた紺色のVネックのスクールセーターを着た光男は、恥ずかしそうに坊主頭をぽりぽり掻《か》いた。「勝手に夜中に炬燵を使わしてもろうてるだけやから、電気つけるのはもったいない、思うて。電気炬燵か、電灯か、どっちかにしとかんと、電気代の無駄づかいになるやろし」

「変な子ねえ。気ばっかりつかって」

私は苦笑し、彼の正面に腰を下ろして、炬燵の中にそっと足をすべらせた。しんしんと冷えこんだ夜だった。あたりは静まり返っていて、掛け時計の時を刻む音だけが大きく聞こえた。

「律子さん、まだ熱があるんやろ。寝たほうがええのん違う？」

「いいの。ちょっと怖い夢を見ちゃってね。私も眠れなくなってたところ。だから少し起きてることにする」

「……怖い夢て、どんな夢や」

「伸也にふられた夢」私は笑ってみせた。「追いかけても追いかけても、伸也は逃げてくだけなの。私は伸也を探して暗い森の中を歩いてるのよ。森には誰もいなくてね。怖くなって泣き出したところで目がさめた」

本当だった。私の目尻には、まだ涙の跡が残っていたはずだ。

光男は軽くうなずいたが、何も言わずに目をそらし、黙りこくった。私は彼の気持ちが痛いほど理解できた。

炬燵の上には籠に盛られた蜜柑《みかん》があった。私はそのうちの一つを手にし、弄びながら言った。「さっきはごめん。びっくりしたでしょ?」

「さっきって?」

「ごまかさなくてもいいのよ。今日の夕方のこと……。すごく恥ずかしかった。ごめんね。私、馬鹿みたいだったね」

光男はぎこちない笑みを浮かべた。「ああ、あれ。別にびっくりなんかせえへんかったよ。なんも見てへんって。ほんまや」

「嘘をついてくれなくたっていいんだってば。誰だって、知らなかったらドアを開けちゃうわよ。私だって同じことをしてたと思う」

「でも、でも……僕、わざと開けたんやないで。ちゃんとノックしたんやからな。コツコツ、って二回。ちゃんとノックしたんやで」

図らずも自分の顔が赤くなっていることを知り、私は光男から目をそらせた。情事の一部始終を息子に見られ、狼狽《ろうばい》している母親のような気分だった。

「ノックの音、聞こえなかったの。ごめんね。でも、光男ちゃん、あのことは誰にも言わないで。それだけは約束して。うちのおばあちゃんとお父さんはね、私が伸也とつきあうことに反対してるのよ。そんな話が耳に入ったら、大変なことになっちゃう」

何を考えていたのか、しばらくの沈黙の後、光男はおずおずとうなずいた。

「わかってるって。誰にも言わんて約束する」

ありがとう、と私は言った。光男は私以上に頬を赤くして、もう一度、うなずいた。

二人が口を閉ざすと、埃のように舞い降りてくる静寂があたりを包んだ。光男がかすかに炬燵の中で足を動かした。炬燵布団がかさこそと鳴り、それに続いて、空腹だったのか、光男の腹のあたりが、きゅう、と子ネズミの鳴き声のような音をたてた。

光男は、はっとしたように私を見た。私はくすくす笑った。光男は困ったような顔をして、腹のあたりを片手でさすった。

「なんで男と女って、あんなことせなあかんのやろね」ふいに彼が言った。

「え？」

「なんもせんでもええのにな。愛し合っとったらなおさらや」

「でも光男ちゃんだって、いつか好きな女の人ができたら、抱きしめてキスしたくなるわ、きっと。男と女ってそういうもんだと思う。愛し合ったら、お互いに触りたくなるのよ。それが普通なの」

「そやろか」と光男は背中を丸めたまま言った。「ほんまに好きになったら、その人のことどっかに飾っといて、一日中、ぼーっと見てるだけでええのん違うかな。よくわからへんけど」

「そういうのは、恋人とは言えないわ。ただのお人形みたいだもの。お人形と恋人とは違うものよ」

「ええやんか」彼は言った。いつもの彼らしくない、いささか強い口調だった。「お人形でもええやんか。母ちゃんよりか、ずっとましや」

私は虚を衝《つ》かれた思いで光男を見た。彼は一瞬、ひるんだように口を閉ざした。真一文字に結んだぶ厚い唇が、かすかに震えるのがわかった。

聞こえなかったふりをすればいいのか、それとも話題を変えればいいのか、咄嗟のことゆえ、わからなかった。私が黙っていると、彼は大人びたため息をつき、目を伏せたまま静かに話し始めた。

「僕が小学生やったころ、母ちゃんは毎晩毎晩、よそのおっさんと一緒に家に帰って来てな。隣の部屋で、はあはあ言って、ほんま、犬みたいやった。その声が恐ろしゅうて、夜になるのがいややった。母ちゃんは、夜になるとオオカミになるんかもしれん、って思いこんどった時もあったんよ。でも、僕が中学に入ってからは、母ちゃんはうちではそういうことしなくなった。その代わり、酒飲んで、なんや知らん、めそめそ泣いとった。そのおっさんにふられたんやて。そんでも、最近になって、また別のおっさんを見つけてきた。奥さんも子供もいる禿《は》げちゃびんの、いけすかないおっさんやったけど、母ちゃん、夢中やった。一緒にどっかに逃げたんも、ほんまに夢中やったからなんやろね。母ちゃんはな、男と女の裸のことしか考えとらんかった。着てるもん脱いで、はあはあ言うだけで母ちゃんはよかったんよ。そんなもんだけで、自分らが愛しおうてる、って母ちゃんは思いこんどったんよ」

そう、と私は言った。「そうだったの」

必ずしもそうではないのかもしれない、光男の母は誰かと肌を交えることで寂しさをまぎらわせようとしていたに過ぎないのかもしれない……そう思ったが、口にはしなかった。光男が自分の母親について、冷静に分析してみせてくれたことが、私には嬉しかった。

光男は再び黙りこくった。掛け時計の音だけが、夜のしじまの中に吸い込まれていった。

私はそっと蜜柑をむき、半分に割って片方を光男に差し出した。光男は顔を赤くしてそれを受け取ると、食べずに長い間、見つめていた。

「律子さん、テスト用紙、見てくれはった？」彼がふと目を上げた。

「見た見た。すごいじゃない。上出来ね」

彼の顔が一段と赤くなった。律子さんのおかげや、と光男は言った。そして、その後に続く言葉をせき止めようとでもするかのように、半分に割った蜜柑をいきなり丸ごと、口の中に押し込んだ。

年が明け、正月休みの最後の日曜日、光男は本間のおじさんに連れられて尼崎に帰ることになった。行方がわからなくなっていた母親から、暮れになって祖母の入院先に連絡があり、母親は電話口で、光男に申し訳ないことをした、ともかく光男のために家に戻る、なんとか光男と二人、うまくやっていきたい、と言って、さめざめと泣いたのだという。

一緒に家を出た男とは縁を切り、それまで働いていたバーで、再び仕事をすることができるよう手筈《てはず》も整え、母親は光男と新しく出直す決意を固めた様子だった。三学期から、再度、元の中学校に戻る手続きも本間のおじさんの手によって滞りなく行われていた。本間のおじさんは、光男が中学を卒業したら、おじさんが懇意にしている大阪の老舗《しにせ》の和菓子屋で修業させ、和菓子職人として自立させるつもりでいるらしかった。いずれは小さな店を一軒、持たせてやりたい、という夢があったようである。

「長いこと、ほんまにお世話になりました。おおきに。ありがとう」

玄関先で学生帽を脱ぎ、身体を二つに折ってお辞儀をした光男は、目を細めて微笑みながら「おじさん、おばさん」と、堅苦しい口調で私の両親に呼びかけた。

「この御恩は一生、忘れません」

頑張れよ、と父は言った。元気でね、手紙ちょうだいね、と母も言った。双子と祖母も一緒に、みんなで家の外に出て、光男と本間のおじさんを見送った。別れのシーンに弱い双子は、すでに目に涙を浮かべ、しきりと洟をすっていた。

「なんで泣くんや」光男はふざけた調子で聞いた。「僕と別れんのが、そんなに悲しんか。そやろなあ。僕みたいなええ男は、いくら探しても東京にはおらんやろしなあ」

アホ、いけず！　……と直美が関西弁をまねながら彼を睨みつけた。居合わせたみんなが笑いだした。

光男がそっと私に近づいて来て、着ていた紺色のコートのポケットから白い封筒を取り出した。何？　と目で問うと、光男はそれには答えず、黙って封筒を私に押しつけた。あんまり乱暴に押しつけたので、一瞬、光男の手が、セーターを着ていた私の胸のあたりに触れた。光男は気の毒なほど狼狽し、弾かれたように背を向けて、私から離れて行った。

晴れてはいるが、寒い日だった。門の外の、赤い実をつけた南天《なんてん》の木の脇を通り過ぎてから、光男はつと振り返った。私や双子が手を振ると、彼は背伸びをし、宙に弧を描くようにして大きく右手を振り回した。

澄み渡った冬の空に、近所の子供たちが揚げた凧《たこ》が、豆粒のように小さくなってゆらゆらと揺れているのが見えた。光男は空を指さして、「たこ」と唇を動かした。私も双子もうなずいた。

私が空に舞う凧に目を奪われていたほんのわずかの間に、本間のおじさんと光男の姿は角の向こうに消えて、見えなくなってしまっていた。


『律子さん、長いあいだ、おせわになってありがとうございました。しんせつに勉強をみてくれはって、ありがとうございました。僕は律子さんを見て、僕も律子さんのようにりっぱな人間にならんとあかん、といつも思いました。僕がりっぱな人間になれへんかったら、律子さんとつきあってもらえんようになるからです。僕は、伸也さんがうらやましいと思いました。でも、くやしいけど、僕はまだ子どもやし、りっぱな人間やないので、伸也さんにはかてません。そやから、律子さんの恋人は、伸也さんがええのです。

中学を卒ぎょうして、りっぱなしょく人になれたら、律子さんに会いにきます。

そのころはもう、律子さんはものすごくきれくなりはって、とおい人になってしまうんかもしれんけど、僕が会いにきたら、僕と会ってくださいね。僕もりっぱなしんしになって、律子さんに会いに来ます。

律子さんのお父さんもお母さんもおばあちゃんも、明美ちゃんも直美ちゃんも、みんなええ人でした。ええ人たちの世話になれて、僕はしあわせやったです。おんがえしは、僕がりっぱな人間になることです。

律子さん、入試のときがんばってください。尼崎から僕がおうえんしています。僕は律子さんが伸也さんといっしょに大学生になってくれはったらうれしいです。

それでわ、さようなら。

石田光男より
木所律子さんへ』

私と伸也はそれぞれ三校ずつ大学入試を受けたが、そのうち一校は同じ大学だった。

二月中旬。折悪《おりあ》しく、前夜から降り始めた雪が朝になってもやまず、都内の交通機関が軒並み、遅れを見せ始めそうになった日のことだった。私は伸也と連絡を取り合って六時半に駅で待ち合わせをし、万が一、電車が遅れてもなんとかなるよう、万全の態勢を整えて試験に臨んだ。

昼食をはさんで、すべての科目の試験が終わったのは午後三時。途中、晴れ間がのぞいたが、午後になると再び雲行きが怪しくなり、私が伸也と並んで会場を出た時は、再び外は雪景色に変わっていた。

「どうだった？」と伸也が聞いた。

「うん、まあまあ。伸也は？」

「僕もまあまあだ」

私たちは微笑み合った。私も伸也も、その試験が最後の試験だった。泣いても笑っても、やり直しはきかず、後はおとなしく結果が出るのを待つしかない、と思うと、急に身体が空っぽになったような、奇妙な疲れに襲われた。

そこは歴史の古い私立大学で、三階建ての石造りの校舎が文学部本館、隣の同じく三階建てが文学部別館となっていた。本館と別館の間は通り抜けができる細い通路になっており、雨や雪のときでも濡れずに済むよう、通路にはアーチ型の美しい屋根がついている。試験会場として、本館と別館、両方が使われたため、試験を終えて外に出て来た受験生や出迎えの父兄たちで通路は混雑をきわめていた。

ざわざわと蠢《うごめ》く人ごみの中、はぐれないよう注意しながら伸也と手をつないでいた私は、ふとその時、アーチ型の屋根の遥か向こう、キャンパスの中の、雪をかぶった銀杏の木の下に人影をみとめ、足を止めた。

二つの校舎と屋根とが、額縁の役割を果たしていた。風景は額縁の中に収められ、それはまるで、ただ舞い落ちる雪だけを描いた一枚の巨大な美しい絵のように見えた。間断なく降りしきる雪は、遠く幾重にも重なっていって、果てしない奥行きを見せている。葉を落とし、冬ざれている銀杏の大木が一本。木の幹のあたりに、ぽつんと染みのように見える小さな紺色の人影……。

「あ」と私は声をあげた。

伸也が「どうしたんだよ」と聞いた。

ちょうどその時、三、四人の男子受験生が何か熱心に喋り合いながらやって来て、無理やり、私たちの間を通り抜けて行った。つないでいた私と伸也の手が離された。

私は受験生グループに押されるようにして前に進み、気がつくと通路の外に出ていた。目をこらして銀杏の木を見つめた。胸の中に、温かな波のようなものが生まれ、拡がり、静かににじんでいくのがわかった。気がつくと、私は雪の中を走り出していた。

紺色の学生用コートを着て、学生帽をかぶっていた光男は、私を見つけるなり目尻を皺だらけにして微笑み、いつものように顔を赤く染めた。

「どうしたのよ。どうして今頃こんなところにいるの？　尼崎からいつ出て来たの？　私がここにいるって、誰から聞いたの？　いやだ、光男ちゃん。連絡もくれないで、突然、びっくりするじゃないの。寒いのに、こんなところまでよくも……」

そう言いながら、光男のほうに近づこうとした時だ。私ははたと立ち止まった。ふいに空気に亀裂が走ったような気がした。足が烈しく震え、痙攣《けいれん》をおこしたように動かなくなった。一切の物音が途絶えた。耳が塞がったようになった。塞がった鼓膜の奥で、烈しく鼓動し続ける自分の心臓の音が異様に大きく響きわたった。

雪だけが降り続いている。私の頭に、私の肩に、私の着ていたコートに、雪は情け容赦なく降りかかってくる。開けたままの口から、白い息が蒸気のようにたちのぼってくる。

なのに、光男の身体に雪はない。光男は笑っているのに、その口から白い息は出てこない。雪は光男の頭を、光男の身体を通り過ぎ、まるで初めからそこには何もなかったかのようにして、しんしんと大地に降り積もっていった。

私は愕然《がくぜん》とした。目の前にいる光男は、この世のものではないのだった。

私の中で、何かが炸裂《さくれつ》した。火の粉が舞い上がり、その火の粉の中から断片的な映像がめらめらと燃え上がる炎と共に意識のスクリーンに映し出された。

見知らぬ街の交差点。曇り空。行き交う車。トラック。赤信号。横断歩道。自転車のペダルをこいでいる光男。学生帽。疾走してきたダンプカー。ダンプの運転手の青い顔。炸裂、またしても炸裂。そして静寂。夥しい血。救急車……。

銀杏の木の下の光男に向かって手をさしのべたいと思うのだが、どうしても身体が動かない。嗚咽が喉の奥で渦巻き、涙で視界が曇る。心の中で呼びかける。光男ちゃん、そうなのね？　事故にあったのね？　だから私に会いに来てくれたのね？

光男が微笑む。肯定を意味する静かな微笑み。優しく温かな視線。そこには言葉にならない信頼が感じられた。彼は私に感謝していた。それは信じられないほど深い感謝だった。何ものにも代えられない強い気持ち……そして、その気持ちの奥底に、かすかに見えるものがあった。恋にも似た何か……。

ありがとう、と私はしゃくり上げながら心の中で言った。私のこと好きになってくれて、ありがとう。私も光男ちゃんのこと、大好きだった。本当に好きだった。だって、だって、あなたは……天使みたいな子だったもの。

突然の、思ってもみなかった無念の死である。どれほど悔しかったことだろう、と思うのだが、彼はその死を自分の死として受け入れていた。ちっとも絶望などしていなかった。彼は相変わらず素直に輝いていた。初めてわが家に来て、みんなと一緒にすき焼きを食べた時と同じように、彼の中には満足感と感謝、そして決して諦めまいとする、真摯《しんし》なまなざしが見えた。

音のない雪の世界に佇みながら、光男の身体は次第に形を崩し、もやもやと輪郭を失っていった。さよなら、と私は呼びかけた。言葉にならない、もっと強い切ない別れの気持ちが伝わってきた。彼の姿が雪の中で透明になり、見えなくなった。後には、感謝の微笑みと淡い思いだけが残された。

ぱちん、と頭の中で不思議な音がし、私は我に返った。相変わらず雪が降っていた。銀杏の木の下には誰もいなかった。

受験生たちが、がやがやと私のすぐ傍を通り過ぎて行った。背後で「りっちゃん」と私を探す伸也の声が聞こえた。

その晩、本間のおじさんから連絡があり、光男が交通事故にあって急死した、と知らされた。その日の午後、尼崎の大きな交差点で、信号を無視して走って来たダンプカーにはねられたのだという。即死だった。

尼崎の彼の住んでいたアパートの近くの公民館で慌ただしく営まれた葬儀には、父や母と共に私も参列した。伸也も同行したが、さすがに祖母も父も何も言わなかった。

三月になって合格発表が行われ、私と伸也はそれぞれ別々の大学に合格していたことがわかった。入学式を目前にして、私たちはかねてから決めておいた渋谷の連れこみ旅館に行き、生まれて初めて肌を交わし合った。気恥ずかしくなるほど分厚い布団が二組敷かれ、枕元の電気スタンドも、布団カバーも、果ては襖にいたるまで、熟した柿色に統一されている部屋だった。

天井近くに設けられていた小さな四角い窓の外では、その日、春遅い雪がちらついていた。伸也の腕に抱かれ、かすかに震えながら黙って天井を仰いでいた時、私は窓の外のどこかで光男が「律子さん」と呼びかけ、照れながら笑う声を聞いたように思った。

流星《りゅうせい》

　ジャコビニ流星群が見られるというのでみんなが大騒ぎしたのは、一九七二年……昭和四十七年の十月だった。

といっても、それがどんな騒がれ方だったのか、いくら考えても思い出せない。連日、新聞の三面記事を賑わせたのか。テレビのNHKニュースで流されたのか。それとも、ただの噂が噂を呼んで、いつのまにか素晴らしい天体ショーのように思われるようになったに過ぎないのか。

「二人でジャコビニ流星群を見に行かないか」……そう言いだしたのは正彦《まさひこ》だった。

　そのジャコなんとか、っていうのはいったい何なの、と聞かずにすんだのは、その時の私が正彦しか見ていなかったからである。ジャコビニ流星群であろうが、灰色グマであろうが、タランチュラであろうが、彼と一緒にいられるのなら、何があっても地の果てまで共に行き、同じ風景を見て、同じ音を聞き、同じものを食べるのだ……そんなふうに覚悟を決めていたからである。

そのころ、私は二十歳、正彦は一つ年上の二十一歳だった。

西荻窪《にしおぎくぼ》にあった四畳半一間の彼のアパートには、万年床と吸殻が山盛りになったアルミの灰皿、瓦礫《がれき》のように重なった本の山、鴨居《かもい》にぼろきれのように掛けられた数着の服しかなかった。

彼は私を抱きしめながら「大学を卒業したら、すぐに結婚しよう」と言った。

本気なの、と私は聞いた。

彼は大まじめな顔をして「男はそう易々《やすやす》と、結婚なんていう言葉は口にしない」と言った。そう言われてみると、その通りであるような気がした。

秋の日の夕暮れ時だった。開け放した窓からは切ないような金木犀《きんもくせい》の香りが漂ってきた。

通りをはさんだ向かい側には、小さなネジ工場があった。工場の灰色のトタン屋根に、西日が弾け、砕け散った光が正彦の部屋の汚れた壁に虹色のモザイク模様を作っていた。

返事は？　と聞かれた。

私は彼の首に両手をまわし、耳元に口をつけながら、声には出さず、大きくうなずいた。彼は嬉しそうに私の首すじに唇を寄せてきた。

現実感の希薄な口約束だった。私も彼も、結婚ということが何を意味することなのか、何ひとつわかっていなかった。私たちはただ、愛情や情熱や独占欲を、結婚という言葉に置き換えていたにすぎない。愛してる、と百万遍言うよりも、ただ一言、結婚したい、と言うほうが、愛情の証《あかし》として最大級の効果があるということを私たちはおそらく、無意識のうちに学んでいたのだ。

正彦がジャコビニ流星群の話を持ち出したのはその時だった。彼は信州の田舎町で生まれ育った。子供のころ、兄貴たちと一緒に星を見に行った丘がある、と彼は言った。きっとそこなら、ジャコビニ流星群がどこよりもきれいに見えるよ、と。

「親父《おやじ》にきみを紹介したい。流星群を見に行った時、うちに泊まってくれないか。家族にきみを紹介して、僕はこの人と結婚する、って宣言したいんだ」

そんなふうに言われて、まるで待っていたかのように即座にうなずき、幸福のあまり目にいっぱい涙をためながら相手を見つめるような女にはなりたくなかった。

私はできるだけ素っ気なく見えるようにしてうなずき、「うん、行く」とだけ言って、セブンスターのパッケージから煙草を取り出し、口にくわえると、自分でマッチをすった。

正彦は当時、恋人と別れたばかりだった。彼よりも三つ年上の二十四歳。小野《おの》田栞《だしおり》という名で、美大を中退してから、絵のモデルのアルバイトをして生計をたてていた人だった。

裸婦のためのモデルなので、セックスの時にキスマークなんかつけたら怒られちゃうんだ……正彦からそう聞かされた時は、むかっ腹がたった。

「それは過去の話でしょ。怒られたんだ、って過去形に直してから言ってちょうだいよ」

私が文句を言うと、彼は慌てて私の言う通りに言い直し、りっちゃんがそんなに細かいことを気にするなんて意外だな、俺、愛されてるんだな、嬉しいな、と言って微笑んだ。

栞の顔写真は、正彦から見せてもらった。どの写真に写っている栞も、しゃくにさわるほど美しかった。

憂いを含んだ大きな目は子鹿の潤んだ瞳を思わせた。唇のあたりには、大人びた妖艶さが漂っていた。やわらかそうな髪の毛を長くまっすぐに伸ばしていた。裸になって、そろえた両足に足ヒレをつけ、荒波が弾ける岩の上に横座りになっていたら、人魚と間違えそうなほどであり、どこかもの悲しい、孤独の翳りのようなものを感じさせる人でもあった。

何故、正彦がわざわざこれほどの美人と別れ、自分のような人間のところに来たのか、私にはわからなかった。何かの間違い、目の錯覚なのではないか、と思うこともあった。自分が男なら、木所律子などという、どことといって取柄のない平凡な娘よりも、菜のような女を選ぶだろう、とも思った。

どうして？　と訊ねてみたことも何度かある。正彦はそのたびに、いつも同じ答えを返してきた。馬鹿だな、きみに溺れたからだよ、と。

きみに溺れた、きみしかいない……そう繰り返しつつ、正彦は私に向かって菜の話をするのが好きだった。神経過敏なエキセントリックな人だったようで、ひとたび暴れ始めると誰も手がつけられない。正彦が同じ大学の女子学生と街でばったり出会い、親しく口をきいているのを傍で見ただけで嫉妬し、翌日、アパートにある服という服、下着という下着がすべて、ずたずたに鋏《はさみ》で切られていたこともあれば、何を思いつめてか、マッチで部屋にあった新聞紙に火をつけてしまったこともある、そのたびにアパートの住人が消防車を呼んだり、パトカーを呼んだり、大家にこっぴどく叱られたり、大変だったんだ、それなのに、最後に別れる時は、案外あっさりしててさ、あっ、そう、じゃあね、バイバイ、って感じだったんだよ……などという話を、正彦は何故か、ひどく楽しげに語るのだった。

正彦と栞の関係に終止符を打たせることになったのはこの私自身であったが、私にもまた、高校時代からつきあっていた男友達との別れが待っていた。

男友達の名は伸也といった。私はずるかった。他に好きな人ができた、と面と向かって正直に打ち明けて、伸也が悲しそうな、怒ったような顔をするのを見ることから永遠に逃げ続けていたかった。

会わずに事情を説明しようとして、私は伸也に手紙を書いた。長くだらだらと続く、言い訳がましい手紙だった。

伸也は手紙を読んだ直後、電話をかけてきた。午前一時。公衆電話からの電話だった。

真夜中の電話のベルに驚いて、母が目をさまし、寝室から出て来て「何なの」と聞いた。

なんでもない、と私は受話器を手にしたまま明るさを装った。「伸也からよ」

母はうなずき、眠そうな顔をして部屋に引っ込んで行った。

再び受話器に耳をあて、もしもし、と言った。馬鹿野郎、と伸也の喘ぐような声が聞こえた。どういうつもりなんだよ、手紙一本で俺たちの関係を終わらせよう、ってのはあんまりじゃないかよ、と。

だが、言ったのはそれだけだった。沈黙が流れた。私が何を呼びかけても、彼は応えなかった。ただ、電話ボックスの外を行き交う車の音しか聞こえなかった。彼は大きく息を吸い、わかったよ、と言った。低い声だった。泣いているようにも聞こえた。伸也とはそれきりになった。


その年、ジャコビニ流星群がもっとも地球に近づくと言われていたのが、十月八日から九日にかけてである。

私は正彦と共に八日の午前中に東京を出発し、彼の家族が住む信州のS町に向かった。信越線の最寄りの駅からはバスかタクシーを使って行く必要があったが、彼の義姉である泰江《やすえ》という人が小型の軽自動車を運転して駅まで迎えに来てくれた。泰江の子供で、正彦の姪《めい》にあたる、三つになったばかりの里香《りか》という女の子も一緒だった。

正彦の父、一《いち》ノ瀬文造《せぶんぞう》はS町で酒屋を経営していた。母親は正彦が高校生の時に病死している。長兄の俊男《としお》は、地元の高校を卒業してすぐに家業を手伝い始めた。泰江は俊男の妻にあたる。

小太りで、屈託のない笑顔が似合う泰江は、正彦から私を紹介されると、「まあちゃん、やるじゃない」と言って、目を細めた。「東京でいったい何をやってるんだか、ってお義父《とう》さんも心配してたけど、こんなに素敵なお嬢さんを連れて来るなんて、お義父さん、きっと安心なさるわ」

泰江の話しぶりから、私はかつて正彦が、小野田琹を郷里に連れ帰ったことはなかったことを確信した。安堵《あんど》する気持ちと裏腹に、何故なのだろうという疑問もわいた。琹よりも私のほうが親兄弟に紹介しやすいということなのだろうか、とも考えた。それが喜ばしいことなのか、そうでないことなのか、わからなくなった。頭が混乱した。

泰江が続けた。「和《かず》ちゃんからゆうべ、さんざん聞かされてたのよ。和ちゃんたら、まあちゃんの彼女は、まあちゃんにはもったいない、なんて言ってたわ。ひどいこと言うわよねえ。後でとっちめてやんなさい」

「へえ、兄貴、帰ってたの？」正彦が聞いた。

「あら、知らなかったの？　一昨日よ、帰って来たのは。まあちゃんが彼女を連れて里帰りする、って教えたら、喜んでたわ。今日もほんとは和ちゃんが迎えに来る予定だったんだけど、急にお義父さんのお店のほうの用ができて、来られなかったの」

和ちゃん、というのは正彦のすぐ上の兄の和之《かずゆき》のことだった。当時、二十五歳。正彦は、家業を手伝っている長兄よりも、大学卒業後、これといった仕事も持とうとせずに、東京でぶらぶらしている次兄の和之のほうと仲がよかった。

正彦と恋におちた直後、私は正彦の紹介で、一度、和之と会っている。正彦のアパートで三人で会い、その後、意気投合して飲みに行った。

正彦はどちらかというと都会的な繊細さ、放っておけない危うさのようなものを持っていたが、和之には繊細さを隠してあまりある、図抜けた落ちつきのようなものが感じられた。鷹《たか》のような鋭い、澄んだ目をしていたものの、それは小利口にずる賢くふるまおうとする時の都会人の鋭さではない、野生の鷹の生命力を感じさせる鋭さであった。

山に登ることが何よりも好きだ、という和之は、本もよく読んでいて、自称文学青年だった正彦とは本当にうまが合うようだった。私はどちらかというと聞き役にまわり、兄弟が交わす小説の話や映画の話、和之が問わず語りに語ってくれる山の話を聞いていた。

はたと気づくと十一時をまわっていた。正彦が私に「送るよ」と言って席を立ち上がった時、和之が「俺も一緒に行く」と言い出した。

おいおい、兄貴、りっちゃんは俺の恋人なんだぜ、送って行きがてら、電信柱の陰でキスしようと思ってたのに、兄貴について来られたらそれもできない、と正彦が冗談めかして文句を言うと、和之が淡々とした口調で「たまにはキスなしで別れるのも新鮮だろう。今夜は握手で我慢しろ」と切り返してきたので、私たち三人は大笑いした。

寝巻に薄手のカーディガンをひっかけた姿で玄関先に迎えに出てきた母は、きちんと娘を送り届けた上に、丁寧な挨拶をしてきた兄弟にすっかり見ほれたらしい。翌日になって、弟の正彦のほうがいいか、兄の和之のほうがいいか、私と母は、友達同士のようにくすくす笑いながら、互いの趣味を打ち明け合ったものである。

母はその際、私が律子ぐらいの年だったら、和之さんみたいな人を好きになってたかもしれないわ、と言った。

へえ、そう、と私は言った。「私はやっぱり正彦のほうがいいかな」

だが、そう言いながら、私は前の晩の和之のことを思い出していた。弾むような気持ちにかられるのが不思議だった。

一ノ瀬家はS町の中心部から少しはずれた、小高い山の麓にあった。古い農家を思わせる、どこか懐かしいような茅葺《かやぶ》き屋根の家である。

敷地を入るとすぐに、丸く刈り込まれた植え込みが拡がっていて、その向こうに左右に長く延びた縁側が見える。訪ねて来る人間は玄関を通らず、縁先で用をすませることができるようになっており、そのせいか、縁側には湯を満たしたポットやお茶の道具、蓋つきの菓子器などが大きな丸盆の中に揃《そろ》えられていた。

盆の脇に敷かれっ放しになっていた薄い座布団の上では、毛並みの悪いキジトラの猫が丸くなっていた。何ていう名前ですか、と聞いた私に、泰江は笑って「わからないのよ。野良なもんだから」と言った。

でも、うちでは、にゃーご、って呼んでるの、ねえ、にゃーご、そうよね、と泰江が猫の頭を撫でてみせた。一緒にいた里香が、にゃーご、にゃーご、と言いながら猫の腹の毛をぐしゃぐしゃとかきまわした。猫はじろりと里香を一瞥《いちべつ》すると、いやそうに立ち上がってどこかに行ってしまった。

私と正彦が到着した時、泰江以外の人間は全員、店のほうに出ており、家には誰もいなかった。私は縁側を上がってすぐの十畳の和室に通され、熱いお茶をごちそうになった後、正彦の案内で家の中を見てまわった。

柱も欄間も、部屋と部屋を仕切る襖の桟も天井も、何もかもが黒光りしていた。外の太陽の光が届かない部屋は昼なお暗い。襖をたててしまうと、しのび寄る闇に、ふと背筋が寒くなってくるような気配が感じられる。

だが、慣れているのだろう、正彦はすたすたと小暗い部屋から部屋へと歩き回り、ここが仏間、ここが親父の寝室、ここが死んだばあちゃんの部屋だったところ、などと私に教えながら、りっちゃんはこういう田舎の家は苦手なんだろう、顔に書いてあるよ、などと言っては私の耳元に、ふーっと息を吹きかけ、ばあちゃんの幽霊だぞぉ、と子供じみた怖い声を出してふざけてみせるのだった。

日が落ちると急速に気温が下がった。とはいえ、広々とした家の中のどこにも火の気はない。お義父さんが火事を怖がって、真冬以外、ストーブをつけるのを嫌がるのよ、と泰江は言い、「だからかしらねえ、私、すっかりお台所にいるようになっちゃって。お台所が一番あったかいんだもの」と屈託なく笑った。

私が泰江を手伝って食事の支度をしている間、正彦は姪の里香を相手に遊び、そうこうするうちに、一台のバンが走って来たと思ったら、家の前で静かに停《と》まった。中からがやがやと三人の男が降りて来た。店を閉めて家に戻って来た正彦の父、文造と長兄の俊男、それに和之だった。

和之は私を見つけると、やあ、と笑顔を作った。こんにちは、と私は言った。肩に届くほど伸ばした長い髪の毛も、何の変哲もない焦げ茶色のセーターにジーンズといった装いが驚くほど似合うのも、鋭いような視線の中に、どこか思いつめたような光が宿っているのも、以前、会った時の印象と何ひとつ変わらなかった。

文造は私を見るなり、ろくに挨拶もせず、泰江に向かって「酒だ、酒」と言った。「正彦が東京からきれいなお嬢さんを連れて来ただよ。こんなめでたいことはねえ」

ごま塩頭の、無口だが眼鏡の奥の目が優しい父親だった。つれあいを亡くしてからは、仕事ひとすじに打ち込み、酒以外にさしたる楽しみも持たず、日々、長兄の俊男と店でこまねずみのように働いているということは、正彦から聞いて知っていた。

夕食というのか、宴会と呼ぶべきか、酒と共に泰江が用意してくれた芋の煮っころがしだの、魚のフライだの、湯豆腐の鍋だの、家庭的な料理が並ぶ食卓で、私はその晩、家族の歓待を受けた。巨大な掘り炬燵には炭がおこされていて、足をすべらせるとほのかな炭の香りがあたりを満たした。

文造が一家の主らしい表情を作って、コップ酒を宙に掲げて乾杯の音頭をとろうとした時、正彦が「ちょっと待って」と父親を制した。「その前に、みんなに話しておきたいことがあるんだ」

泰江が素早く夫の俊男を見て、目を丸くし、いたずらっぽく笑った。俊男は膝に里香を抱きながら、小声で、ほう、ほう、正彦、おまえ、なかなか洒落たことをやるじゃないか、とからかった。

くすぐったいような恥ずかしさが私の中にあった。逃げ帰りたいくせに、それでいて、ずっとこの場にとどまり、昔、民話の絵本で見たような白無垢《しろむく》の花嫁衣装を着て、正彦のもとに嫁いでみたい、と夢見心地に思ったりもした。私は目を伏せた。

「えーと、ろくな息子ができないのはこの家の家系みたいなもんだけど」と正彦は言った。

ろくでもない息子はおまえだけだろ？　と俊男が再度、からかった。泰江が、しーっ、と人さし指を唇にあてた。「まあちゃんが一世一代の告白をしようとしてるのよ」

正彦は咳払いをし、背筋を伸ばした。和之が正彦を見て、次に私を見た。

私と和之との間には、湯豆腐の鍋があった。卓上コンロの上で鍋はふつふつと煮えており、その柔らかな湯気の向こうに、私は私を見つめてくる視線を感じた。

何かいたずらっぽいような、それでいて親しみのこもった愛情を感じたのは、おめでたい錯覚に過ぎなかったのか。私が視線を絡ませてそれに応えようとすると、和之は何事もなかったかのように、ふっと目をそらしてしまった。

「僕もやっぱりろくな息子じゃないことは認めるんだけど、でも、それはそれで仕方ない。今回は僕なりに決めたことがあって」正彦が続けた。しどろもどろの言い方に、俊男が口を押さえて吹き出した。泰江がまた、「しーっ、静かに」と注意した。

「決めたからこそ、だからこうやって木所律子さんを連れて家に帰ったわけなんだけど……実は僕は……」

けたたましいような音をたてて、電話が鳴り出したのはその時だった。電話機は、私たちが食卓を囲んでいた隣の部屋にあった。

なんだ、なんだ、いい時なのに、と和之が野次を飛ばした。泰江が笑いながら立ち上がって、隣の部屋に走って行った。

もしもし、一ノ瀬ですが、と言う泰江の声がした。はあ、と応じる泰江の声に事務的な冷淡さが混じった。何かわけのわからない、不意の沈黙があたりに流れた。

はあ、と泰江が繰り返した。「おりますが。少々、お待ちください」

泰江の顔が襖の陰から覗いた。泰江は片手で送話口をおさえながら、「まあちゃん」と正彦を呼んだ。「東京から電話」

「誰?」

「よく聞き取れなかったんだけど……女の人よ。オダさん? オンダさん? そんな名前」

私は正彦の顔を見た。だが正彦は私のほうは見なかった。彼は炬燵から飛び出して行った。

オダではない、オンダでもない、オノダだ、と私は直感した。小野田栞から電話がかかってきたのだ、と思った。ここに。正彦の実家に。今まさに正彦が、私と結婚を前提に交際をしたい、と家族に向かって公表しようとしていた矢先に。文造と俊男は、何か別の話を始めていた。俊男が私に何か質問した。私は聞いていなかった。

湯豆腐の湯気の向こうに、和之の顔があった。和之が私に微笑みかけながら、俊男と同じように、何か話しかけてきた。何を聞かれているのか、私にはわからなかった。私の耳は隣室の気配、正彦の息づかい、ため息の一つ一つ、畳の上をこする靴下の音にいたるまで、何ひとつ聞き逃すまいとするのに精一杯だった。

チン、と受話器をかける音が響いた。正彦が無表情な顔をしたまま部屋に戻って来て、私の隣に中腰になると、ごめん、と言った。

「すぐ東京に戻らなくちゃいけなくなった。りっちゃんは今夜、ここに泊まればいい」

「どうしたの。何があったの」

それには答えず、正彦は居合わせた人間をぐるりと眺め回しながら言った。

「せっかくジャコビニ流星群を見に、はるばる東京から来たんだ。空も晴れてるし、今夜はよく見えるはずだよ。誰か今夜、流星群をりっちゃんに見せに連れてってくれよな」

何だ、何があった、と文造が聞いた。

正彦は父親のほうを見もせずに、私の顔だけをまっすぐに見ると、「栞の妹さんからの電話だったんだ」と言った。「ほうぼう探しまわって、ここの電話番号を聞いてきたらしいよ。あのさ、りっちゃん。大変なことになっちゃったよ」

私は黙っていた。正彦は紙のように白い顔をして、「栞が」と言った。「今日の午後、睡眠薬自殺をはかって病院に運ばれたらしい」

「何だ、そのシオリってのは」文造が聞いた。

友達だよ、と正彦はぶっきらぼうに言うと、そのまま部屋を出てどこかに行ってしまった。

何故、栞が自殺をはかったりしたのか、そのことに正彦がどう関係しているのか、何ひとつわからないでいながら、私にはすべてわかっているような気がした。それ以上に、その知らせを耳にした時の正彦の気持ち、彼の不安、彼の動揺が手に取るように伝わってきた。

夕食もそこそこに、慌ただしく家を出て行こうとする正彦に向かって、私は「一緒に東京に帰る」と言った。「あなたの邪魔はしない。でも、とにかく帰る。

だってそうでしょう？　のんびり流星群なんか見ていられる心境じゃなくなっちゃったもの」

できるだけ穏やかに、ふだんの調子を変えないようにして言ったつもりだった。だが、正彦は「頼むよ、りっちゃん」と駄々っ子をあやすような口調で苛立たしげに言い返してきた。「ここにいてくれ。りっちゃんがここにいてくれれば、安心だけど、きみと一緒に東京に帰ったら今度はきみのことが心配になる。僕は今、きみのことまでフォローできないんだ。わかるだろう？」

わからない、と言いかけて、私はその言葉を飲みこんだ。言ってはいけない言葉だった。私は黙りこんだ。黙りこめば黙りこむほど、鼻の奥が熱くなり、泣きだす直前のように喉が痛んだ。

泰江が正彦を車で駅まで送って行くことになった。私は門の外まで出て、車を見送った。泰江は遠慮してか、多くを正彦には訊ねず、私にも何も言わなかった。

二十分ほどして戻ってきた泰江は、私の心細さを察してか、ジャコビニ流星群は、和ちゃんに連れてってもらえばいいわ、と陽気さを装った口調で言った。

「うちの主人は、お星様なんていうロマンティックなものとは無縁なの。ここだけの話、お義父さんも全然だめね。流れ星なんて、小さいころからくさるほど見てきたから全然、興味がないんだって。いやあねえ。年をとるとみんな、現実的になっちゃって」

私は泰江の心づかいに感謝し、提案してみた。「よかったら泰江さんも、里香ちゃんを連れて一緒に行きませんか」

そうしたいところだけど、と泰江は言い、柔らかく微笑んだ。「これから里香をお風呂に入れて寝かせなくちゃ。いいのよ、律子さん。気をつかわないで、和ちゃんと行ってらっしゃい。和ちゃんは三人兄弟の中で一番強いし、熊が出るようなところに行っても、和ちゃんがいれば安心だから」

「熊が出るんですか」

「もののたとえよ」泰江は口に手をあててころころと笑った。「山に入れば別だけど、まあちゃんからあなたを連れてってくれ、って頼まれてる丘はこの家のすぐ近くなの。熊なんか出ないから安心して」

泰江が改まったように、小野田栞について遠慮深げに質問してきたのはその時だった。「ねえ、律子さん、その……自殺未遂をした女の人って誰なのか知ってるの？」

「知ってます」と私は言った。「正彦さんの恋人だった人だから」

「律子さんの前につきあってた人、っていうこと?」

「はい」

「どうしてその人が自殺をはかったりするの?」

「わかりません」

「あなたという人がいるのに、どうしてまあちゃん、あんなに大慌てで東京に帰ったのかしら」

さあ、と私は言い、言葉をにごした。

ごめんね、と泰江は私の腕に軽く触れ、「私には関係のないことよね」と言って悲しそうに微笑んだ。

和之が運転する車で、和之と二人、一ノ瀬の家を出たのはその晩、十一時をまわってからである。吐く息が少し白く感じられた。気温は相当、下がっている様子だった。

「寒くない?」と和之に聞かれ、平気、と答えたものの、持参してきた毛糸のセーターの編み目を通して寒気が肌にしみわたった。

和之は私に、裏地がついた紺色のフード付きジャンパーを貸してくれた。着てみるとぶかぶかだった。襟もとに少し煙草の匂いがしみついていて、それは正彦がいつも吸っている煙草よりも強い匂いのように感じられた。

人けのない静かな県道をしばらく走り、うねうねと曲がりくねった坂道を少し登ると、見晴らしのいい場所に出た。小さいが柔らかな草地が拡がり、カラマツの林がそそりたつようにして草地を囲んでいる。

現実にある場所とは思えなかった。そこだけが世界から切り取られているような感じがした。何十年も何百年も、その場所がそこにあることすら誰にも知られないままにあったのではないか。いつ来ても柔らかな草が生え、天を仰ぐと、降るような星が見えたのではないか。そんなことを考えた。

遠くには夜景と呼ぶには侘しいが、ぽつりぽつりと点在している民家の明かりが見わたせた。私たちの他に人は誰もいなかった。あたりに街灯は一つもなかったが、月の光がやわらかく満ちていて、夢で見る真昼の風景のように青白く明るかった。

和之は車から降り、しばらく草地を歩いたところで手にしていたビニールの敷物を草の上に敷いた。

「このあたりが一番いいよ。流星はね、多分、あっちの方角だから」

和之はそう言いながら、やおら興奮した口調で「あ、見えた」と大声をあげた。

「見えるよ、りっちゃん。ほら、あそこ」

和之が指さす天空の彼方に目をこらした時、私は視界の片隅に流れる幾多の小さな星屑《ほしくず》をみとめた。それは文字通りの流星群であった。

さらさらと流れ続ける慎ましい光の線は、青白いというのでもない、かといって鮮やかな金色をしているというのでもない、それはひっそりと瞬く冬の星明かりの透明な輝きにも似て、不規則に流れ落ちては、目に見えない山々の稜線《りょうせん》の向こうに消えていくのだった。

自分たちが生きている、この青い地球に向かって、小さな星の群れが一斉に流れ始めたのだ、と思うと、私の胸は熱くなった。

正彦のことを考えた。彼が本当に愛しているのは私ではない、栞なのだろう、と思った。

愛するということは、その相手との結婚を考えることでもなければ、自分の家族にその人を紹介しようとすることでもない。もっともっと別の、何か得体の知れない心の闇の部分をこそ、かきたてられることなのかもしれなかった。さらに言えば、世間や社会から隔絶され、孤立することすら恐れなくなることが愛するということなのかもしれず、だとすれば正彦の自分に対する愛情は、栞に向けた情熱とはまったく別のものに過ぎないのかもしれない、と私は思った。

自殺をはかった栞が羨ましかった。自殺をはかってまで、正彦の目を自分のほうに向けさせようとする、その執念は私にはないものだった。自尊心も美意識も何もかもかなぐり捨てて、栞は栞なりに、正彦を求め、愛されようとしているのだ、と思うと悲しくなった。

和之の前で泣くのはいやだった。だが、闇夜をひっそりときらめかせながら流れていく流星群を見ながら、私は理性を失った。

「どうした」と和之が聞いた。夜のしじまに溶けいるような声だった。

私は首を横に振った。なんでもない、と言おうとして、口からほとばしり出てきたのは嗚咽だけだった。

顔を上げ、隣に座っていた和之を見た。顔が歪むのがわかった。

そんなことをするつもりはなかった。何故、そんなことをしてしまったのか、わからない。あの後、何度も何度も考えてみた。だが答えは得られなかった。

気がつくと、私は和之の肩に顔を埋め、泣いていた。和之は、まるでそうするのが自然な仕草であるかのように私の身体を抱き、あやすように、軽く背を叩いた。

何か言わねば、と思うのに、言葉が出てこない。出てくるのは烈しい嗚咽だけで、これではまるで幼稚園の子供だ、と思うのだが、自分ではどうすることもできない。

「わかってる」と和之は囁くように言った。「わかってるけどさ。泣くなよ、りっちゃん」

ごめんなさい、と私はやっとの思いで言いながら、身体を離した。鼻水が出てきて、それをすすり上げようとすると、再び嗚咽がもれた。

和之は微笑み、私の頰にかかった髪の毛を指先でかき上げた。「これからも、いっぱい恋をするんだ。いいな？　結婚なんか、まだまだ遠い先の話さ」

「でも、私……」私は喉を詰まらせながら言った。「正彦と約束したのよ。卒業したら結婚しようって」

「きみは幾つ？」

「二十歳」

「まだ二十歳なのに、一人の男のために人生を捧げるの？　もったいないよ」

「でも、人生なんて、いつ終わるかわからないのよ。もしかすると、来年、私は死んじゃうかもしれない。だとしたら、人生は短すぎるし、やらなきゃならないことがいっぱいある」

「死ぬまでが人生なんだ。いつ死ぬかなんて誰にもわからない。そういうことは考えずに、人生を楽しめばいいんだよ」

「どうすればいいのか、わからないの。正彦は栞さんのことが忘れられないんだわ」

「僕ならきみを選ぶけどね」

私は涙を拭いて、深く息を吸った。「知ってるの？　和之さん、栞さんのこと、知ってるの？」

知ってる、と彼は言った。「一度だけ会った。弟のアパートで。僕の目の前で平気で服を脱いでさ、着替えを始めたのには驚いたけど」

私は力なく笑った。「絵のヌードモデルをしてる人だもの。人前で脱ぐのは平気なのよ、きっと」

「孤独な子だったな」

「そう？」

「自分がひとりぼっちで、誰にも愛されてないんだ、って、そればっかり呪文みたいに唱えてるタイプの子だよ。自意識が病的に発達してる。自分のことしか考えていない。そうしているうちに、あらゆることが虚《むな》しくて寂しくなっていくんだろうね」

「だったら、私だってそうだわ。同じよ」私は意気ごむようにして言った。

違うよ、と和之は言った。「りっちゃんは違う。少なくとも孤独に耐えようとする意欲のある女の子だ。僕にはそう思えるし、僕はそういう女の子しか好きになれない」

私は黙っていた。黙っていながら、胸の奥に、何か覚えのある、あの甘酸っぱいような、とろけるような感覚が芽生え、育っていくのがわかった。

悲しみとも切なさとも違う、諦めとも絶望とも虚しさとも違う、それまで経験したことのなかった不思議な気持ちが私を圧倒した。涙があふれ、こぼれた。唇が、小鼻が、小刻みに震え、止まらなくなった。

和之はじっと私の顔を見つめると、物なれた手つきでつと私の顎を持ち上げた。軽くついばむような接吻が、唇の端、頬、額……と続き、最後にもう一度、唇の端で名残り惜しげに止まると、和之は「りっちゃん」と低い声で言った。それとはわからぬほどの、静かな狂おしげなため息がひとつ聞こえた。「これ以上はしてはいけないね」

私は反射的に小さくうなずき、そっと身体を離した。

和之が煙草を吸い始めたので、私も一本もらい、二人で風をよけながらマッチの火をつけ合った。

私たちは黙ったまま煙草を吸い、ジャコビニ流星群が流れていく空を見ていた。そして、あまり見つめ過ぎて、それが流れ星なのか、それとも遠くの民家の明かりなのか、区別がつかなくなってしまったころ、どちらからともなく腰を上げて帰途についた。


翌日も朝から空は晴れわたり、気温があがって汗ばむほどになった。

私が起きると、すでに文造と俊男は店に出てしまっており、和之はどこに行ったのか留守だった。家にいた泰江が、私のために朝食の準備をしてくれた。

寝過ごしている間に、正彦から連絡があったかもしれない、と思っていたし、そう信じてもいたのだが、電話は一本もかかってこなかった、と泰江は気の毒そうに言った。琹は死んだのかもしれない、と私は思った。

もしも琹が死んだとしたら、その死の責任の半分は自分にあるような気もしたし、そう考えることは馬鹿げている、とも思えた。いずれにしても、実感はわかず、わかないなりに、想像が想像を生んで、その想像をかき消そうとすると、また別の想像が頭をもたげた。私は食欲を失い、せっかく泰江が作ってくれた若者向けの朝食……トーストにレタスときゅうりのサラダ、目玉焼き、甘いミルクコーヒー……を半分以上、残してしまった。

「和ちゃんって、いい人でしょう?」泰江はさっさと私が残した食事を片づけると、台拭きで大きな炬燵板の上を拭きながら言った。泰江の大きな尻が、右に左に台拭きと共に揺れ動いた。「カッコもいいし、頭もいいし、優しいし、昔っからこのへんでも有名だったのよ。和ちゃんに憧れる女の子も多くてねえ」

そうですか、と私は言い、そうでしょうね、とつけ加えた。

縁側に、前日見かけたキジトラの猫が上がって来て、座布団の上で毛づくろいを始めた。庭では里香が、鼻唄を歌いながら、棒切れのようなもので地面に絵を描いて遊んでいた。

「ああやってね、就職もしないでいることでお義父さんを怒らせたこともあったんだけど、あれが和ちゃんの生き方なんだ、ってね、お義父さん、けっこう進歩的なのよ。和ちゃんは優しい人だから、いつかきっとこっちに戻って来て、俊男さんと一緒にお店を継いでくれる、ってお義父さん、信じてらっしゃるんだわ。

そろそろ傷も癒えたころだろうし」

「傷？」私は聞き返した。

泰江はびっくりしたように私を見て、「やだわ、私ったら」と言った。「いつも余計なことを喋っちゃう。律子さんにこんなこと、話して聞かせるつもりなかったのに。まあちゃんから聞いてなかった？　和ちゃんの恋人が亡くなった話」

「聞いてません。いつのことですか」

「和ちゃんが大学を卒業した年だから、三年くらい前になるかな。急性の白血病だったの。きれいな人だったのよ。和ちゃん、それはそれはショックでね、せっかく東京の大きな会社に就職したばっかりだったのに、辞表出してやめちゃった。それからずっと、あんな感じでぶらぶら暮らしてるのよ。東京とここを行ったり来たり。突然、何の連絡もなく帰ったと思ったら、黙って山に行っちゃったり、遭難したかと思って心配していると、またひょっこり戻って来て、そのまんま東京に帰っちゃったりしてね」

座布団の上でキジトラ猫が大きなあくびをした。縁側は光の洪水だった。猫の長い髭が、逆光の中に白く浮き上がって見えた。

私が黙っていると、泰江は拭き終えた台拭きを炬燵板の上で四角くたたみ、正座するなり「和ちゃんにもきっと、いいお嫁さんが来るわ」と言った。「死んだ人のこと、いつまでも思ってたって仕方ないものね」

そうですね、と私は言った。

電話が鳴り出した。自分でも滑稽だと思われるほど、びくっ、として反射的に飛び上がりそうになった。私の緊張が伝わったのか、泰江が電話機に向かって走り出し、飛びつくようにして受話器を取った。

「なんだ、和ちゃん」泰江が私のほうを向いて、安心させるようににっこり笑った。「律子さんは今、朝ごはん食べ終えたとこ。どこにいるの？　あ、そう。じゃあ待ってる。はい」

炬燵に戻るなり、泰江は和之がもうすぐ帰って来る、と言った。「帰ったら律子さんをどこかに車で連れてく、って。よかったわね。このあたりは見るところがけっこうあるのよ。若い人には退屈かもしれないけど、古いお寺なんかもあるしね。おいしい信州そばでも食べて来ればいいわ」

私はそれには応えずに、背筋を伸ばした。

「あの、私、これから東京に帰ります」

「え？　これから？」

「正彦さんから全然、連絡もないし……こうやって、いつまでもお世話になっているわけにもいきませんから」

「お世話、ったって、大したお世話をしてるわけじゃないのよ。ね、律子さん。遠慮しないでもう一泊していきなさいな。帰しちゃったりしたら、私がまあちゃんに怒られちゃう」

いえ、でも、と私は断った。世なれた人間のように、あれこれ言葉を重ねるのは苦手だった。私は「帰ります」と繰り返した。

泰江は「そう」と残念そうに言った。「そうよね。まあちゃんから何の連絡もないのは心配よね。どうなっちゃったんだろう、って思うものね。ほんとにどうしちゃったんだろう、まあちゃん。電話くらいくれればいいのに」

「きっと、栞さんの具合があんまりよくないんだと思います」

「そうね。それに、自殺未遂ってことになると、警察なんかも来るわけでしょう？　まあちゃん、変な時に東京に戻ったりしたもんだから、そういうゴタゴタに巻き込まれちゃったのかもしれないわね」

そうですね、と私は言った。

列車の時刻を調べてもらってから、私は荷物をまとめ、縁先に立った。キジトラの猫は座布団の上で丸くなって眠っていた。

ずっとここにいたい、と私は思った。ここでこの猫のように、どこの誰なのかわからぬまま、日がな一日、座布団の上で丸くなっていたい、と。

その気持ちは自分でも驚くほど強くなり、熱を帯びた塊のようになって私の喉のあたりに引っ掛かった。咳払いをし、塊を取り除こうとすると、堰《せき》を切ったように涙があふれてきそうになって困った。

私はキジトラ猫の丸い背を撫でてやり、その柔らかな腹に頬を寄せた。猫の腹は土埃の匂いがした。にゃーご、と私が小声で呼びかけると、猫は気持ちよさそうに座布団の上で四肢を伸ばし、ゴロゴロと喉を鳴らした。

和之がもうすぐ戻るはずだ、と泰江に聞き、待っていたのだが、彼はなかなか帰って来なかった。列車の時刻が迫っていた。その列車を逃すと、午後まで待たねばならなくなる。泰江に、私の昼食の心配までさせるのはいやだった。

もうこれ以上待てない、という時刻になって、私が泰江の運転する軽自動車に乗ろうとした、その時だった。和之が運転する車が戻って来た。

ああ、よかった、と泰江が安堵したように言った。「律子さん、和ちゃんに送ってもらいなさいな。私のもたもたした運転よりも、和ちゃんの運転のほうが速いから」

彼は車から降りて来るなり、私のいでたちを見て「帰るの？」と聞いた。

私はうなずいた。「昨日はどうもありがとう。おかげできれいな流星を見ることができて嬉しかった」

「正彦から連絡は？」

「ないの。待ってても仕方ないから帰ります」

危うく、涙で目が曇りそうになったが、笑ってごまかした。

私は泰江に礼を言い、泰江のもとに走り寄って来た里香の頭を撫でてから、和之の車に乗った。

和之は車をUターンさせた。私は窓を開けて手を振った。文造さんによろしく、と言うべきか、立場上、「お義父さん」という言葉を使っても許されるのかどうか、そういった常識的なことが何ひとつわからなかったので、黙っているほかはなかった。

駅までの道のりは十分かそこらだった。和之は正彦の話も前の晩の話も何もせず、ただ、その日、朝から出かけていた理由について楽しげに話し続けた。

「ほんとのことを言うとね、今日はりっちゃんを山に連れてこうと思ってたんだ」と彼は言った。「山といっても低い山だし、ピクニックにちょうどいい。初心者向きのコースなんだよ。それでさ、早起きしたついでに、ちょっと下見をしてきたんだ。十日くらい前に台風が来たっていうからね。途中の道がぬかるんでたり、倒木があったりしたら、りっちゃん、いやがるだろうと思ってさ」

行きたかった、と私は言った。お愛想でも何でもなかった。本心、私はそう思った。

そう思った瞬間、また涙があふれた。私は助手席の窓のほうに顔を向け、手の甲で乱暴に涙を拭った。

「りっちゃん」と彼はハンドルを握ったまま言った。「自信をなくしたりしたらだめだぞ」

「え?」

「きみは素敵な女の子なんだ。多分、誰よりも。そのことを忘れるなよ」

ありがとう、と私は口の中で言い、和之を見た。和之は前を向いたまま、ハンドルから左手をはずすと、やおら私の手を取り、あやすように握りしめた。

駅に着いて、一時停車した車の中で、和之は身体を大きくねじるようにしながら私のほうを向いた。

「元気でな」彼は言った。

私はうなずいた。熱いものがこみあげてきて、それは私に思いがけず大胆な行動を取らせた。

私はそっと和之の首に両手を回し、頰に頰を寄せた。くぐもったような衣ずれの音がした。「ゆうべは楽しかった。一生、忘れません」

彼はうなずき、軽く私の身体を抱きしめた。「僕もだよ」

私が身体を離すと、彼は右手を差し出した。私も右手を差し出した。彼は私の手を痛くなるほど握りしめた。

和之の車の背後で、クラクションが鳴らされた。構内タクシーが二台連なって、和之の車が発進するのを待っていた。

「OK、OK、わかったよ」和之はいきなりふざけた口調でそう言うと、車のギアを入れた。「さあ、りっちゃん、降りて。早くしないと間に合わない」

はい、と私はうなずき、車から降りた。和之は車を発進させるなり、軽くクラクションを鳴らして構内を出て行った。駅前の信号は黄色になっていたというのに、車は猛烈なスピードで走り去って行き、あとには砂埃のように舞い上がる、白い排気ガスだけが残された。

こみあげてくる切なさで目の前の風景がぼやけ、おぼろに霞《かす》んだ。きらめく秋の光が、濡れた睫毛の上でゆらゆら揺れた。

私は前歯で下唇を血が出るほど強く嚙みながら、切符を買うために駅の中に入って行った。

東京に帰った日の翌日、夜になって家に正彦から電話がかかってきた。栞は意識を回復し、危険な状態を脱して、集中治療室から一般病棟に移された、という話だった。

ごめんよ、と彼は言った。「もっと早く連絡すればよかったんだけど、なんだかいろいろあって……」

遺書も何も残されてはおらず、何を聞いても泣くばかりで答えない、自殺をはかった原因は今のところ不明だ、と彼は言う。

「栞さんはきっと、正彦と別れたくなかったのね。だからそんなことをしたんだわ」

「どうなんだろう。僕にもよくわからない。でも……ショックだったよ。うわごとでずっと僕の名前を呼んでるんだ。なんかこう、全部、僕のせいだったみたいな気がしてきてね。僕がこれまでしてきたことが、全部、間違ってたみたいな、そんな気がして……」

彼自身の気持ちの変化に気づかないふりをするのは難しかった。だが、私は精一杯の虚勢を張った。

「でもよかったね」と私は言った。「命に別状なかったんだもの。それが一番」

りっちゃん、と正彦は低い声で呼びかけた。「言いにくいんだけど……」

「何？」

「……しばらく栞の傍についててやっていいかな」

受話器を握ったまま、私は目を落とした。腹を立てたり、悲しんだり、いたずらに絶望したりする必要はない、と自分に言い聞かせた。和之の言葉が思い出された。きみは素敵な女の子なんだ、多分、誰よりも……。

私は顔を上げ、軽く息を吸い込んだ。そして言った。「栞さん、喜ぶわ、きっと」

沈黙が流れた。私は息をのんだ。

「いい子ぶるなよ」と正彦はふいに声を震わせた。「僕のせいなのに、全部、僕が悪いのに、どうしてきみは僕のこと、そんなに……」

湊をすり上げる気配があった。彼のアパートの電話はピンク電話で、共用廊下の突き当たりに置かれてある。すぐ近くでドアが開く時の蝶番《ちょうつがい》の音がし、ばたん、と閉まる音がした。大股で歩くスリッパの音がしたが、まもなくそれも遠のいて、何も聞こえなくなった。

「和之さんと見たジャコビニ流星群、きれいだったわ」私は無邪気さを装って、話題を変えた。「あんなにきれいな星を見たの、生まれて初めてだった。遠くの空をね、すーっと流れていくのよ、音もなく。ほんとにきれいだった。見に行ってよかった。一生忘れない」

「……ごめんよ」と正彦は言った。

あやまらないで、と私は言った。笑顔でそう言っているのが不思議だった。

「あやまられたりしたら、頭にくるから」

うん、ごめん、と正彦はまたあやまった。私たちは短く、力なく笑い合った。

それからしばらく、正彦からの連絡はなかった。講義を受けているのやらいないのやら、大学でばったり会うこともなくなった。

私は正彦のアパートを避けるために、大学の行き来には遠回りをするようになった。彼のアパートは大学の近くにあった。寄ろうと思えばいつでも寄ることができるのが辛かった。

いたずらに時が流れた。年が暮れ、新しい年が始まって四日後、正彦からの年賀状が届いた。橙色の芋版で、干支《えと》の丑《うし》の絵と共に「あけましておめでとう」と捺《お》されてあるだけの年賀状だった。

片隅に一言、元気でいますか、と万年筆で書かれてあった。覚えのある斜め右あがりの、繊細な文字だった。消印は長野県のS町になっていた。S町の名を目にして、私は正彦ではなく、和之を思った。

和之からはその後、葉書一枚、送られてはこなかったが、私は何度か、和之に手紙を書いた。憑《つ》かれたようにして手紙を綴《つづ》り始めたとたん、これだけはしてはいけないことなのだ、と自分に言い聞かせ、そのたびに書きかけの手紙を破り捨てた。どうしてなのかわからない。和之と連絡をとることは、正彦に対する冒瀆《ぼうとく》のような気がしてならなかったのだ。

正彦がふいに私の家を訪ねて来たのは、その年の二月も半ばを過ぎてからである。朝から小雪が舞う、ひどく寒い日の午後のことだった。

父は会社に行っており、母と祖母は知り合いの病気見舞いに出かけていて留守だった。家には私と双子の妹たちしかいなかったが、双子はそろって風邪をひき、熱がないのをいいことに、パジャマのまま、茶の間の炬燵でぐずぐずテレビばかり見ていた。

玄関先に佇んだまま、他人行儀に頭を下げてみせた正彦を、私は笑顔で迎えた。

「いてくれてよかった」彼は言った。心なし、沈みこむような声だった。「留守だったら帰るつもりだったけど……でも、やっぱりいてくれて嬉しい」

廊下の奥の茶の間で、双子が仲良く声を合わせるようにしてくしゃみをした。

「久しぶりね」と私は言った。「中に入らない？　寒いでしょ？」

だが、正彦は聞いていなかった。彼は紺色のフードのついたダッフルコートを着て、片手をポケットに入れ、空いているほうの手に小ぶりの汚れたボストンバッグをぶら下げていた。顔色が悪く、少し痩せたように見えた。

彼はまっすぐに私を見つめると、「りっちゃん」と言った。「兄貴が死んじゃったよ」

双子が茶の間のテレビをつけたようだった。何事か大声で喋り合いながら、げらげらと笑い声をあげている。菓子の袋を開ける音がする。くしゃみの音。洟をかむ音。どちらのくしゃみなのか、どちらの洟をかむ音なのか、わからない。

私は正彦ではない、正彦の後ろの、白茶けたようになった雪空を見ていた。雪が舞い、風にあおられたようになりながら、玄関の向こうの竹垣のあたりに消えていくのが見えた。

「大好きだった冬山でね」と彼は言った。「遭難して、ずっと行方がわからなくなってたんだけど、この間、やっと遺体が見つかって……葬式とか何とか、いろんなことを済ませて、ついさっき、こっちに戻って来たところだよ」

いつ、と私は聞いた。声になっていないようだった。音をたてて唾を飲みこんでから、もう一度聞いた。「発見されたのはいつだったの？」

二週間前、と彼は言い、少し慌てたようにつけ加えた。「きみに知らせるべきかどうか、迷ったんだ。でも、やめた。きみは迷惑だと思うかもしれない、って、そう思って……」

「どうして私が迷惑だと思うの。どうして」私はそう言いながら、烈しく震え出した口を片手で被った。「一緒にジャコビニ流星群を見に行ったのに。駅まで送ってくれたのに。私のこと、励ましてくれたのに」

ごめん、と彼は言い、私の腕に触れた。「僕とのことで、きみのことを考え過ぎてた。ごめん。やっぱり知らせるべきだったね」

私が嗚咽をこらえながらうなずくと、彼は泣きそうな顔をして私を見た。「兄貴はきみのこと、ほんとに気にいってたよ。いい子だ、って。可愛い子だ、って。おまえにはもったいない、って、いつも言ってた」

「自殺？」私は震える声で聞いた。

まさか、と彼は烈しく首を横に振った。「どうしてそんなこと聞くの」

「去年の秋、泰江さんから聞いたの。和之さん、恋人が白血病で死んだんでしょう？　そのショックで会社も辞めちゃったんでしょう？」

「それはほんとの話だけど、でも、そうだからって、兄貴は絶対に自殺なんかしないよ。あいつはそういう男じゃない。恋人が白血病で死んで、それを悲しんで自殺する、なんて、そういうドラマティックな物語が大嫌いだったよ。りっちゃん、これは単純な事故だったんだ。岩から転落して足を折って、動けなくなってたところに雪崩《なだれ》がおきた。そう聞いてるよ」

私はうなずいた。軽いめまいがした。頭が揺れ、少し気分が悪くなった。

熊が出ても和ちゃんと一緒なら安心……そう言っていた泰江の言葉が思い出された。熊ばかりではない、愛する者の死をも乗り越えてきた和之も、雪山には勝つことができなかったらしい。

だが、常に勝てるとは言いきれない相手、いつ何が起こっても不思議ではない相手だからこそ、彼は雪山を愛したのかもしれない、と私は思った。何かを深く愛するということは、そういうことなのかもしれなかった。

涙がこみあげた。何も見えなくなった。

奥のほうで、双子がまた笑い声をあげた。玄関先にまで、かすかに煎餅の醤油《しょうゆ》の香りが漂ってきた。

それじゃ、僕はこれで、と正彦は言った。

「会えてよかった。きみには電話じゃなくて、こうしてちゃんと会って知らせたかったんだ」

ありがとう、と私は言った。正彦の輪郭がぼやけて、プールの中で見る顔のようになった。「お墓参りに行くわ。いい？」

兄貴も喜ぶよ、と彼は言った。

遠ざかる正彦のダッフルコートの紺色が、灰色の風景の中に滲んでいった。私が玄関のドアを閉め、鍵をかけると、双子が茶の間から顔を出して、口々に「誰？」と聞いた。

なんでもない、と私は言い、双子から顔を隠しながら二階に通じる階段を駆け上がった。

背後で「お姉ちゃん、泣いてるよ」とひそひそ言い合う双子の声が聞こえ、その声に賑やかなテレビの音声が重なった。

その年の四月中旬、私は一人でS町を訪ねた。和之の墓参をするためである。東京では葉桜になっていたが、標高の高い信州のS町ではまだ五分咲きといったところだった。ひんやりとした風が吹き抜ける駅に降り立つと、私は駅前の公衆電話で、一ノ瀬の家に電話をかけた。

思いたって和之の墓参をしに来た、と言うと、電話口に出てきた泰江はたいそう驚き、涙声になって、和ちゃん、喜ぶわ、きっと、ありがとう、ありがとう、と何度も繰り返した。

一緒に霊園を案内してあげたいのだけど、あいにく今、お客が来てて、と泰江は残念そうに声をひそめた。文造も俊男も店の配達で忙しく、手伝いに来てもらっている店番の男の子も今日は休みで人手が足りない、自分も客人を帰したら、すぐに店に行かねばならないのだという。

墓参を終えたら、必ず寄らせてもらいますから、と私は約束し、泰江から霊園の場所を教えてもらった。

「中はそれほど広いわけじゃないんだけど、段々畑みたいになってるから、わかりにくいのよ。入口のあたりに小さな雑貨屋さんがあるわ。中に入る前に、そこのおじさんに一ノ瀬の墓を聞いてちょうだい。そうすればすぐに案内してくれるから」

そうします、と私は言い、電話を切って教えられた通りバスに乗った。風もなく晴れわたった美しい日だった。バスはのどかな停留所を幾つも通り過ぎ、町はずれの山の麓の「霊園前」という停留所で私を降ろすと、まどろむような光の中を走り去って行った。

新芽がふくらみ、ところどころで清々しい色の葉をつけ始めた木々の繁みに囲まれて、小さな山がまるごと一つ、墓地になっている。山の斜面を生かして墓所を設《しつら》えているので、泰江が言っていた通り、墓参の人間が行き来するための小道は入り組んでわかりにくい様子だった。

蕾《つぼみ》が開きかけた大きな桜の木が一本、霊園の入口にそびえ立っていた。その木の下に、屋根が傾いたようになった古い木造の小屋がある。廃屋と見まがうような朽ち果てた小屋だが、それが泰江が言っていた雑貨店のようだった。

ふだんは墓参用の花束、供え物などを店先に並べて売っているらしい。だが、その日、店の戸は閉まっていて、固いボール紙でできた「本日休業」の札が下げられていた。

教えてもらわなくても、なんとかなるだろう、と思って霊園に通じる小道に入ってみたものの、人の気配はなく、時折、野鳥の鳴く声が聞こえてくるだけで、どことなく心細い。東京から持って来た白いフリージアの花束に、小さな蜜蜂が寄って来たが、聞こえてくるものといったら、自分の足音と蜂の羽音、小鳥のさえずりぐらいで、耳が痛くなるほどの静けさである。

何重にも複雑に入り組んだ小道に沿って、大きな墓石、小さな墓石、真新しい卒塔婆《そとうば》、古く朽ち果てた卒塔婆が不規則に並んでいる。その一つ一つに刻まれた文字を読みとりながら、これも違う、あれも違う、と気ばかり焦るあまり、私はいつのまにか早足になっていた。

その時である。どこからか舞うようにして飛んで来た一匹のクロアゲハが、私の目の前ではたはたと羽ばたいた。巨大な、見たこともないほど美しいクロアゲハだった。ビロードのように見える黒い色はなめらかで深く、漆黒の闇を思わせる。体長は二十センチ近くもあったろうか。これほど巨大なクロアゲハが、春先の、まだ風の冷たい季節に現れるとはとても信じられなかった。

何かの間違いだろう、と思って目をこらすのだが、そこには確かに美しいクロアゲハが一匹、私に向かってまるでおいでおいでをするように、優雅な舞いを見せている。

頭の芯にふいに痺《しび》れるような感覚が伝わった。私はクロアゲハを見つめ、半ば口を開けたまま立ちすくんだ。

こみあげてくるものがあった。すべてが一瞬にして理解できた。

ああ、と私は声に出して言った。このクロアゲハは私を案内しようとしている。和之の墓に連れて行ってくれようとしている……。

私はクロアゲハに向かって手をさしのべた。クロアゲハはするりと私をかわすようにして、新緑の気配を漂わせる木々の向こうに飛んで行った。

私はショルダーバッグを肩に掛け直し、花束を胸に抱いて、蝶の後を追った。曲がりくねる小道を曲がり、途中で脇に入る。絡まり合った木々の枝を通して、淡い春の光が降りそそいでくる。クロアゲハは、時折、私のほうに舞い戻って来ては、私の顔のまわりを羽ばたき、再び、寡黙な案内人のようにして私の先を急ぐのだった。

光が強くなってきたと思ったら、いきなり目の前に眺望が開けた。山の中腹の木陰の一角に、幾つかの墓が並んでいる。墓の前方には、眼下に見下ろすような形で、S町の全景が拡がっている。

クロアゲハは左端にある古びた大きな墓石のまわりを飛び交い、安堵したように、真新しい一本の卒塔婆の上にとまって羽を休めた。

苔《こけ》むした墓石には「一ノ瀬家代々之墓」と刻まれていた。ここだったのね、と私は心の中で囁いた。クロアゲハがそれに応えるようにして、大きな羽を拡げてみせた。

最近になって家族が供えたのか、花筒には黄色い小菊の花が活けられていた。幸い、花筒には余裕があった。私は小菊を少し脇にどけて、持って来たフリージアの花を活け、墓石の前で手を合わせた。

卒塔婆にとまっていたクロアゲハに向かって私は、和之さん、と呼びかけた。和之さんでしょう?

束の間、身をよじられるような寂しさが私の身体の中を貫いていったが、それも長続きしなかった。あとには穏やかな、凪いだ海のような優しい気持ちが残された。

もう一度だけ会いたかった、でも、会わないでいたほうがよかったのかもしれない、そう思います……私が心の中で語りかけると、クロアゲハはふわりと卒塔婆から舞い上がり、羽が触れるほど私の頬に近づいて来た。

私は目を閉じ、深く息を吸いこんだ。死者となった和之からは、すでに愛する人を失った悲しみも絶望も何もかもが消えている。いくらか寂しさは残されてはいるけれど、彼自身、その寂しさにはあまり気づいていない。

彼に残された記憶は楽しいもの、温かいもの、懐かしいものばかりだ。そして、その夥しいほどの記憶のかけらの中には、あの秋の日の夜、私と流星を見ながら抱き合った時のことも混ざっていた。

切ないような嬉しさがこみあげた。私は静かに目を開けた。活けたばかりのフリージアに蜜蜂が数匹、ぶんぶん、と愛らしい唸り声をあげながら群がっている。さっきまでそこにいたはずの美しいクロアゲハの姿はなく、私はその時初めて、自分がどれほど和之に会いたいと思っていたか、わかったのだった。

慕情
ぼじょう

とりたてて虚弱児だったわけではないが、幼いころ、私はよく風邪をひいて食べたものを戻した。胸のあたりがむかむかするな、と思う間もなく、貧血を起こした時のように周囲の現実感が遠のき、気がつくと胃がひっくり返っている。

祖母はいつも、吐いた私のことよりも、戻したものの始末のほうが気になるらしく、大騒ぎして誰かに古新聞と雑巾を持って来させた。そして、眉間に皺を寄せながら、怒ったような顔をして畳の上を拭き始める。気持ち悪いのなら、早く言わなきゃだめじゃないの、ほらごらん、こんなに汚して、と叱られるのだが、まだ胸のむかむかが治っていない私は黙ってじっとしている他はない。

朝食べたごはんが全然消化してない、これじゃ気持ち悪くなるのは当たり前だ、と祖母に言われ、思わず自分の吐いたものに目をやれば、ますます気持ちが悪くなってきて、またこみあげてくる。

祖母は大げさに騒ぎたて、「洗面器を持って来て。早く！ 早くしないと間に合わないよ」と叫ぶ。その声に刺激され、私は本当に間に合わずに、またもや、同じ場所でげえげえやってしまう。

申し訳なさと惨めさとでいっぱいになり、私がつい涙ぐめば、祖母はそこで初めて思い出したように、私の額に手をあて、ああ、この子ったら、変だと思ったら、やっぱりね、ひどい熱、などと、他人事《ひとごと》のようにあっけらかんと言うのだった。

風邪をひくと、決まって私は家中で一番日当たりのいい、広々とした縁側のついた十畳の和室に寝かされた。医者の往診を頼んだ時、恥ずかしくないように、と祖母が見栄を張ったためだった。

ふだん、特別な来客があった時にしか使わない部屋なので、家具はひとつも置いていない。片隅に古くなった朱鷺色《ときいろ》の衣桁《いこう》が一つだけ、ぽつんと置かれてあるのがかえって怖く、深夜、そこに白い着物を着た幽霊が立っているように見えてしまったこともある。朝、あたりが明るくなってからおそるおそる確かめてみると、衣桁には、前日母が脱いだ割烹着《かっぽうぎ》が一枚、掛けられていただけだった。

部屋の真ん中に敷かれた布団の中で、白い障子に映る庭の木々の影を眺めながらうとうとし、ふと目を覚ますと、傍に母が座って繕いものなどをしている。石油ストーブの上にやかんがかけられ、やかんからは始終、音もなく湯気が上がっていて、その適度な湿りけが心地よい。お姉ちゃんの風邪がうつるから、と部屋に入ることを禁じられている双子の妹たちの声も聞こえず、あたりは静まり返っている。

私が軽く身動きすると、母は仕事の手を休めて私を見つめ、「どう?」と聞く。うん、と答えるものの、身体の状態をどう説明すればいいのか、わからない。母の手が伸びてきて、火照ったような私の頬に触れる。額にあてがわれた氷嚢《ひようのう》の中で、氷がじゃりじゃりと音をたてる。

少し熱、下がったかな、と言い、母は微笑む。何か少し食べる?と優しく聞かれ、別に食べたくもないのに、母に甘えてみたくなって、またしても、うん、と答える。

「おばあちゃんが、蜜柑の缶詰買って来てくれたの。律子、蜜柑の缶詰が大好きでしょ。食べてみる?」

私は大きくうなずく。母は台所に行き、開けたばかりの缶詰の蜜柑をガラスの小鉢に入れて持って来る。

シロップと共に、ぷりぷりとした歯ざわりの蜜柑がスプーンで私の口に運ばれる。冷たく甘いシロップが、喉を流れていく。お腹も減ってはおらず、むしろ、これ以上食べたらまた吐いてしまうかもしれないと思うのに、私は母が運んでくれるスプーンに向かって小鳥のヒナのように、大きな口を開け続ける。

唇の端からこぼれたシロップを母がタオルで拭ってくれる。思うように拭ってもらえないと、私は、「うう」と動物のように唸って、もっと丁寧に拭ってくれるようにせがむ。

赤ちゃんみたい、と母はからかい、歌うようにしてつけ加える。木所律子さんは、いったい幾つになったんでしたっけ？　もう小学生のお姉さんだったんじゃないんですか。

母の笑顔が私を救う。ずっと熱が下がらないのではないか、床に臥《ふ》したまま、このまま起き上がれなくなるのではないか、もう二度と、友達と外で元気よく遊ぶことができなくなるのではないか……そんな不安を母が吹き飛ばしてくれる。お母さん、と何度も呼んでみたくなる。どこにも行かないで、ずっとここにいて、などと言ってみたくなる。

だが、照れくさくて言葉が出てこない。わけのわからない涙ばかりがこみあげてきて、そんな時、私はわざと不機嫌そうな顔を作り、母から顔をそむけるなり、「眠い」などと言ってしまうのだった。

昭和五十年十月末、大学卒業を翌年に控えていた私は、久しぶりにひどい風邪をひいて寝込んだ。扁桃腺《へんとうせん》が赤く腫れ上がり、口の中全体がひりひりして、食べ物を飲み込む時はもちろんのこと、唾を飲んだだけでも痛みが走った。喉の奥からもれてくる息は、腐った魚のように生臭かった。

熱は人を小馬鹿にしたように上がり続け、三十九度を超えるなり、それきり下がらなくなった。仰向けに寝ていると、それだけで天井がぐるぐる回った。市販の風邪薬を飲み、暖かくして寝ていれば二、三日で治るだろうとタカをくくっていたのだが、いっこうによくならない。心配した母が近所の内科医に往診を頼んだのは、臥せってから三日後のことだった。

双子の妹たちが、怪しげなアイスキャンディ売りから買ったキャンディを食べ、そろって下痢が止まらなくなった時も、私が裏庭の柿の木から落ちた時も、三姉妹そろって蜂に刺されてしまった時も、いつも真っ先に診てくれた老医師である。昔から、禿げ上がった頭を脂でてらてらと光らせていて、妹たちは陰で密かに、「海坊主先生」と呼んでいた。

その海坊主先生は、あーん、と言って私の口を開けさせた後、「りっちゃん、幾つになった？」と聞いた。

二十三です、と詰まったような声で答えると、海坊主先生は、「そんなになったか。そろそろお嫁に行ってもおかしくない年頃だな」と言って豪快に笑った。「扁桃腺が苺《いちご》みたいに赤く盛り上がってる。子供のころ、りっちゃんがしょっちゅうやってた扁桃腺炎とおんなじだよ。二十三にもなって、こんなに子供みたいに扁桃腺を腫らす人も珍しい」

きっと精神年齢が低いんです、と軽口をたたこうとしたのだが、喉が塞がってしまって言えなかった。

海坊主先生は、ベッドに寝たままの私の腕に注射をし、母が用意したお茶をうまそうに飲み干して、菓子皿に載せた豆大福もぺろりと平らげ、ああうまい、りっちゃんのお母さんが出してくれるお菓子はいつもうまいな、と大声を上げると、じゃあ、りっちゃん、おとなしく寝てるんだよ、と言いながら白衣を翻して部屋を出て行った。

海坊主先生を玄関先まで見送りに行き、また二階の私の部屋まで戻って来た母が、あたりのものを片付けながら、さりげなさを装うようにして聞いた。

「律子、少し痩せた？」

「どうして？」

「さっき先生がね、帰りぎわに、りっちゃん、ちょっと痩せたんじゃないか、って。何かあったのか、って。お母さんは、ちっとも気がつかなかったけど、そう言われてみれば確かにそうだわ。顔がほっそりしたものね」

かなわぬ恋をしているせいだ、とは言えなかった。私は力なく笑った。「別に何もないわ」

「だったらいいけど」

「熱で衰弱してるから、痩せたみたいに見えるのよ」

そうね、と母はうなずき、私を見おろして微笑んだ。「りんごをすりおろしてあげようか。口の中がさっぱりするわ」

「いらない」

「じゃあ、くず湯は？」

うぅん、いい、と私は言った。

往診してくれた医師に、痩せた、と言われたせいなのか、それとも、そのことに母が少なからず反応し、心配そうな表情をしてみせたせいなのか、その時、説明のつかない感情がふいに私の中を駆けめぐった。

その日、母は薄茶色のプリーツスカートにフリルのついていない簡素な白いエプロン、白いブラウス、紺色のカーディガンという装いだった。身をよじらせて甘えたいような、それでいて、一人になりたいような、何か心もとない、じっとしていられないような気持ちに駆りたてられ、私は思わず唇を嚙んだ。

お母さん、と私は部屋から出て行こうとしていた母を呼び止めた。

母はドアの手前で立ち止まり、カーディガンの裾をわずかに揺らしながら、「何?」と私を振り返った。

ゆるくパーマがかけられた母の髪の毛がわずかにほつれ、風に吹かれた時のようになっているのがいかにも自然で美しかった。その昔、幼かったころ、甘えて鼻をすりよせるたびに、母のうなじから立ちのぼった甘い化粧水の香りが思い出された。

熱いものがこみあげてきた。私は母に訴えてみたかった。訴えて、聞いてもらって、黙ってうなずいてほしかった。

好きな人がいるということ、その人は結婚しているということ、いくら好きでも、どうにもならないのだということ……。そしてまた、自分のこと、将来のこと、不安と期待と悲しみがないまぜになったような、不思議な気持ち……。

「何よ、律子。変ね。どうかした？」母はからかうように私を覗きこんだ。

私は聞いた。「昔みたいにしてもいい？」

「昔みたいに？　何のこと？」

「一階の和室に布団を敷いてほしいの。子供のころ、風邪をひくといつもそうしてたでしょ」

「どうしたの、突然」

「わかんない。ただ、そうしてみたくなっただけ」

言った途端、ふいに抑えがきかなくなって、瞳に涙が浮かんだ。

母はしばらく黙って私を見ていたが、やがて柔らかな笑顔を作ると、いいわ、そうしなさい、と言った。

扁桃腺炎になって寝込む前日の夜、私が家に帰ったのは午前二時を回っていた。

二、三日前から風邪気味だったのが、その日は朝からひどく喉が痛んで、熱も出ていた。遅くまで飲み歩くことはおろか、仕事に出ることすらおぼつかない状態であったのは確かである。だが、たとえ四十度の熱があったとしても、私はあの晩、その時間まで家に戻らなかったに違いない。

その日は、私が時々、仕事を引き受けていたアルバイトの契約が切れる日だった。会社の人たちがバイト学生を集めて送別会をやってくれるから、帰るのは遅くなる、と私はあらかじめ出がけに母に嘘をついた。

都内にある大手リサーチ会社の広報部が、不定期に仕事を委託する学生アルバイトを募集しているのを人づてに聞き、応募して採用されたのがその年の五月。不定期とはいえ、一応、正式に一定期間の雇用契約書を交わして、その期間内には最低でも週に一度は仕事を引き受けなければならない、という条件がついていた。金曜日か土曜日、いずれか一日、好きな曜日を選べるということだった。私は土曜日を選択し、五月から十月末までの五ケ月間の契約を結んだ。

仕事は、主婦層のモニターを集めて行われる新製品の試食会の準備、案内係、後片づけといった、単純なものだった。私の他にも、同じ仕事をする大学生が数人いた。

広報部の係長で、試食会の責任者だった塚本伸也《つかもとしんや》とは、契約を交わした五月の時点からずっと一緒に仕事をしてきた。密かに意識するようになったのは、三回目の試食会で、新製品のカレーのテストを行った時からだった。

借り切った公民館の厨房《ちゆうぼう》で、カレーを作っていた私のところにやって来るなり、塚本は「うまそうだな」と鍋の中を覗きこんだ。「僕はね、これでもカレー作りの名人なんだよ。一人でルウから作るんだ」

「すごいですね。私はインスタントのルウしか使えません」

「簡単だよ。豚でも牛でも野菜でも、なんでもあるものをぶっこんで、ぐつぐつ煮込むんだ。シンヤカレーっていう名前をつけてね、女房や子供たちに食わせてやるんだけど、正直なところ、あんまり評判はよくない」

「シンヤカレー？　夜遅く食べるカレーなんですか」

「違うよ。僕の名前が伸也だからさ」

塚本は笑いながら、宙に漢字をなぞってみせた。それは、かつて私が深く関わったことのある男友達の名と同じだった。

私は大げさに「わあ」と言って目を見開いてみせた。「昔の私のボーイフレンドと同じ名前なんですね。字まで同じ」

「へえ、そう。昔っていつの？」

「高三のころからつきあい始めて、一緒に浪人して別々の大学に入って……」

「で、別れたんだ」

私はうなずいた。

「飽きたの？」

「そうじゃありませんけど」

塚本はいたずらっぽく笑った。「あててみようか。別れた原因は、きみに新しく好きな男ができた。違う？」

図星だった。私は黙っていた。

「そうかあ。きみは恋多き女だったんだ。知らなかったなあ」

「そんなことありません」

「今、ボーイフレンドはいるの？」

「いないんです」

「じゃあ、別れた伸也君の次の男とも別れちゃったってわけ？」

「ええ、まあ……」

「ほうらみろ。やっぱり恋多き女じゃないか」

「からかわないでください」そう言いながら、私が塚本を軽く睨みつけると、塚本は「うーん、恋多き女は、やっぱりすごい色気だ。くらくらする」と芝居がかった口調で言い、ふざけて天を仰いでみせた。

私が小学校六年になった年、父の一番下の弟にあたる叔父が亡くなった。木所晴夫という名だった。

叔父は亡くなる前日、能登にある海辺の旅館から電話をかけてきた。電話に出たのは私だった。

叔父は少し酒に酔っているようだった。受話器の奥から、波の音が聞こえてきて、叔父はどことなく様子がおかしかった。

いつものようにふざけた話を繰り返した後で、「りっちゃん」と叔父はふいに私の名を呼び、僕はね、と言った。「きみのことが大好きなんだよ。ほんとに大好きなんだ」と。

その翌日、叔父は旅館の部屋で首を吊った。遺書はなかった。

塚本は、私の大好きだった叔父にどこか似ていた。喋り方も、ふざけ方も、目を細めてからかうように人を見つめる癖も、うねり狂う嵐のような感情を必死でこらえているような横顔も、何もかも。

塚本とはそれ以来、仕事帰りに誘われて、喫茶店でホットドッグとコーヒーを御馳走になったり、ラーメンを食べに行ったりするようになった。

だが、つきあいはその程度だった。簡単な食事がすめば、塚本は私と一緒に電車に乗り、私が降りる駅まで送って来る。そして、おやすみ、りっちゃん、また来週会おうな、と言って、自分はまた反対方向の電車に乗り換え、帰って行った。

自宅に電話をかけてきたことは一度もなかった。夏休みに家族で北海道に来ています、というそっけない文章が書かれた絵葉書が届いた時以外、手紙が送られてきたこともなかった。

ラベンダーの花畑の写真がついた絵葉書だった。私はそれを勉強机の脇の壁にピンで留め、飽かず眺めた。

十月初旬、私の就職先が内定した。和紙を中心に製造する老舗の製紙会社だった。

翌週、アルバイトの契約が切れる、という時になって、塚本が、最後の夜は食事を一緒にしよう、と誘ってくれた。「おしゃれしておいで。きみの就職先が決まったお祝いに、僕が奢《おご》ってあげるから」

いいんですか、と、どぎまぎしながら聞き返した。塚本は「二人きりのお祝い会だよ」と言って、意味ありげに片目をつぶってみせた。

塚本は、六本木にあるフランス料理店を予約してくれていた。正式なフランス料理など食べたことがない、と言って逃げ腰になる私に、彼は、マナーなんてどうでもいいさ、うまいものをうまいと思って食べるのが一番、と言い、わざとラーメンでもすするようにしてスープを飲み出したので、私は大笑いした。

食事を終えてから、ホテルのバーに飲みに行った。バーを出てから、まだ帰したくない、と言われ、もう一軒、塚本の行きつけの店だというスナックのようなところに連れて行かれた。

スナックの初老の女主人は、私を見るなり「こんな若いお嬢さんを口説いたの？　塚ちゃんもなかなかやるわねえ」とからかった。

塚本は女主人の見ている前で、私の肩を抱き寄せた。「大好きなんだ、この子。惚《ほ》れてるんだ。いい子だろう？　うちに本物の嫁さんがいなかったら、今すぐ嫁さんにしたいくらいだよ」

酔っているのは明らかだった。塚本さん、酔ってるでしょ、と私が聞くと、うん、酔ってる、と彼は屈託なく答えた。

終電に間に合わなくなる、とわかってから、私は家に電話をかけた。電話に出てきた母に、塚本さんが送ってくれるって言ってるから、心配しないで、と伝えた。

母にはそれまでに何度も、塚本のことをそれとなく話して聞かせていた。三十五歳、息子と娘が一人ずつ。奥さんの写真を見せてもらったんだけど、すごい美人なのよ、女優さんみたいなの……そう教えた。だが、塚本が死んだ叔父に似ている話はしなかった。

母はにこにこしながら、私の話を聞いていた。あんまり楽しそうに聞いてくれるので、思わず、塚本さんのことが好きになったの、どうすればいい？　と聞いてしまいそうになったほどだった。

スナックを出た時、雨が降り出した。すでに時刻は午前一時を過ぎていた。タクシーはなかなか拾えず、塚本は私が雨に濡れないよう、脱いだ背広を頭からかぶせてくれた。背広には、かすかな煙草の匂いと共に、塚本の整髪料の香りがしみついていた。

やっとつかまえることのできたタクシーに乗りこむと、塚本は冗談ばかり連発し始めた。そのころすでに、熱が上がり、悪寒もしていたのだが、私は元気を装って笑い続けた。笑いながら、これが最後なんだ、多分、もう二度と塚本が自分を誘ってくれることはないだろう、と考えた。考えるそばから、悪寒が烈しくなり、気持ちの奥底に墨のような闇が流れた。

私の家の門の近くでタクシーが停まると、塚本はふと口を閉ざし、私をまじまじと見つめた。

彼は低い声で言った。「また会えればいいね」

酒の匂いのする吐息が、ふわりと私の頬にまとわりついた。彼の目は焦点を失いかけていた。酔いが回っているようだった。

雨足が強くなっていた。街灯の青白い光が、雨滴の流れる窓ガラスを通して、塚本の顔にまだら模様を作っていた。

あの、と私は言った。「会いたくなったら、会社に電話してもいいですか」

塚本はにっこりと微笑んだ。死んだ叔父によく似た笑顔が私の目の前にあった。

「りっちゃんからの電話だったら、いつでもどこにでも飛んで行くよ」

冗談なのか、本気なのか、わからなかった。しばらく私たちは見つめ合った。心臓が張り裂けそうにどきどきしていた。フロントガラスを動きまわるワイパーの音だけが、やけに大きく聞こえた。

塚本は何もしなかった。握手もキスも抱擁も何も。酔ったふりをして、私にしなだれかかろうとする素振りすら見せなかった。本当に酔っていたのかもしれなかった。あるいはまた、そんなことをしようなどと、夢にも思っていなかったのかもしれなかった。

彼は車から先に降り、私が降りるのを待って、再び一人で中に乗り込んだ。タクシーの運転手は私と塚本とを遮断するかのようにして、無情にも自動ドアを閉じてしまった。

塚本は急いで手動式の窓を開けると、「おうちの人たちに、遅くまで引き止めて申し訳なかった、って伝えといて」と言った。少し呂律が回らなかった。「おやすみ、りっちゃん。楽しかったよ。とっても楽しかった」

おやすみなさい、と私も言った。

雨の中、タクシーが走り去って行くのを見送った。車の赤いテールランプが濡れた路面を静かに遠ざかり、角を曲がって見えなくなるまで、私は同じ場所に佇んでいた。

雨の音だけがしていた。冷たく、肌の奥深くまでしみいるような雨だった。

ひどいめまいがして、足もとがふらついた。酔いのせいではない、熱のせいだった。

家に帰り、部屋の石油ストーブをつけ、服を着たままベッドにもぐりこんだ。熱で全身が小刻みに震えた。ひどい熱だ、と思いながら、熱などどうでもいいような気がした。

震えながら、私は塚本のことを考えた。塚本は別れ際にキスをしてくれる、こめかみのあたりか、さもなければ額の真ん中に……つい数時間前まで、無邪気に私はそう信じていた。夢見ていた。そんな自分が滑稽だった。

朦朧《もうろう》とした意識の中で、夢ともうつつともつかぬ幻の声を聴いた。りっちゃん、とその声は言った。りっちゃん、りっちゃん、大好きだよ……。

塚本の声に違いない、と思っていたのに、りっちゃん、という呼びかけは、次第に「カワウソくん」に変わっていった。カワウソくん、カワウソくん、大好きだよ……。

叔父はあだ名をつける名人だった。私は時々、叔父から「カワウソくん」と呼ばれていた。私ははっとして目を開け、闇の中で頭を起こした。

おじさん？

そう言ったつもりだったのだが、腫れあがった喉は小さなゴムまりを飲みこんだかのように膨れていて、空気のもれる音がしただけだった。

一階の和室に床をとってもらったせいなのか、それとも海坊主先生が打ってくれた一本の注射が劇的に効いたからなのか、大量の汗をかいた後で熱は徐々に下がり始め、食欲も出てきた。

あれは、海坊主先生が来てくれた日の翌々日のことだった。昼食に母が作ってくれた卵入りのおかゆを残さず食べ、短いまどろみから覚めた私は、布団の傍に母が座り、編物をしているのに気づいた。

紺色の太い毛糸が規則正しい編み棒の動きの中で、少しずつ編まれていく。編み棒と編み棒が交差するたびに、コツコツという乾いた小さな音がはじける。懐かしいような、切ないような気持ちの中に漂いながら、私はしばらくの間、ぼんやり母の姿を見ていた。

「いやだ、起きてたの？　ちっとも知らなかった」母は私の視線に気づくと、びっくりしたように笑った。私も笑顔を作った。

静かな晩秋の午後だった。和室の障子に、縁側まで伸びてくる日の光が木もれ日を作って揺れているのが見えた。

祖母が自室でラジオを聴いているらしく、山口百恵の歌声がかすかに風に乗って聞こえてきた。耳をすませてみた。歌は『ひと夏の経験』だった。共に山口百恵の大ファンで、仲良くそろって短大の家政科に進んだ双子の妹たちは、出かけているのか、気配はなかった。

「早く編んじゃわないとね。あっという間に寒くなるから」母は毛糸を編み続けながら言った。

「誰のセーター？」

「お父さんの。頼まれたのよ。釣りに行く時に着る、手編みのセーターが欲しいんですって。手編みだと、あったかさが違うんだって」

娘たちにはもちろんのこと、母は父にも優しかった。あらゆる人を受け入れ、包みこみ、目を細めて見守りながら静かに子守歌を歌い続けるようなところが、母にはあった。

「昔とおんなじね」私は言った。

「ん？　何が？」

「私が熱を出すと、こうやってお母さん、いつも布団の傍で何か編んだり、靴下の穴をかがったりしてた」

母は編物をする手を休めずに、私を見つめ、穏やかに微笑んだ。その年、四十七の誕生日を迎え、いくらか頭に白いものが目立つようになってはいたものの、母のたおやかさ、静かにたゆたう澄んだ水のような美しさは、昔とひとつも変わっていなかった。

母を見ていて、またしても私は死んだ叔父のことを思い出した。

叔父は密かに母を愛していた。それは欲望にかられるような愛ではなく、また、誰かを不幸にするような愛でもない。叔父の母に対する愛情はもっと深く、静かに凪いでいて、決して実ることがないとわかっていてなお、しみじみと燃え続ける、そんな愛だった。

何故、突然、そんな話を母に聞かせたくなったのか、わからない。聞かせるつもりはなかった。生涯、私はそんな話を母にも誰にも、するつもりはなかったのだ。

だが、気がつくと私は口を開いていた。「不思議な話、教えてあげようか」

「不思議な話? なあに、それ」

「……ずっと昔の話なの。お母さんにもお父さんにも黙ってたこと」

「何なの? 早く教えて」

私は横になったまま軽く息を吸い、「あのね」と言った。「私、おじさんと会ったの」

　母は編み棒を膝に置き、肩がこったのか、片手を肩にあてて、ぐるりと首をまわしてから私のほうを見た。「おじさんって、どのおじさん？」

「晴夫おじさんよ」

「晴夫おじさん？　晴夫さんだったら、この家でしばらく、私たちと一緒に暮らしてたんだもの。会ったのは当たり前でしょう？」母はくすくす笑った。「律子ったら変なこと言うのね。大丈夫？」

「死んでから会ったのよ」

　母は肩をもんでいた手をそっと下ろした。二度ほど大きく瞬きをすると、母は私をまっすぐに見つめた。「どういうこと？」

「おじさんが能登で死んだ後のことよ。東京オリンピックの年だったでしょ。私は小学六年生だったわ。覚えてる？　おじさんが死んだ年に、二階の子供部屋を増築したじゃない。夏休みのね、天気のいい暑い日で、お母さんは二階のベランダに出て、洗濯物を干してたわ。私は自分の部屋にいて、おばあちゃんは八百屋さんに出かけてた。お昼のそうめんの薬味にするネギを買いに」

　母が黙っていたので、私は先を続けた。油蟬が降るように鳴き続けている中、叔父が静かに階段を上がって二階にやって来たこと、私の部屋のドアは開いており、そのドアの手前まで来た叔父が、あやふやな輪郭ながら、生前の姿をみせてくれたこと、叔父の身体が白い光に包まれていたこと、そして、叔父はベランダで洗濯物を干していた母の傍に行き、ひとしきり母を懐かしむと、やがてむせ返る夏の大気の中に、吸い込まれるようにして消えていったこと……。

「今まで誰にも言ったことがないんだけど」と私は枕に頬を押しつけたまま言った。「私には、そういう不思議な力があるみたい」

「死んだ人と……」と母は言い、言葉を飲みこむようにしてから静かに続けた。「……会えるのね?」

私はうなずいた。

「死んだ人が律子に会いたがるの?」

「そういうわけじゃないの。ただ、死んだ人の正直な気持ちが私にわかるの。伝わってくるの。それだけ」

そう、と母は言った。「すごいのね」

私は瞬きを繰り返しながら母を見た。母はもの静かなまなざしで私を見ていた。

「じゃあ、私が死んでも、律子と会えるってことね。何か伝えたいことがあったら、そうできるのね」

「お母さんなら、多分、いつでも会えるわ。会いたい時に」

「それなら、死ぬのも怖くないわ」母はふっと笑った。「よかった。ちっとも怖くない」

そうね、と私は言った。耳の下でソバ殻の枕が、がさごそ鳴った。「死んだ人って、どうしてみんな、あんなに優しい気持ちでいるのかしら。みんな優しいのよ。静かで、ゆったりしてて……なんて言うのか、いろんなこと全部を受け入れてるの」

母はゆっくりうなずいた。「なんだか信じられない。夢のような話ね。でも、わかるような気もするわ」

私は母を見据え、わざといたずらっぽく笑ってみせた。「おじさんはね、お母さんのこと、ほんとに好きだったのよ。死んだ後でお母さんに会いに来た時のおじさんの気持ち、全部、私に伝わってきた。お母さんに教えてあげたかったくらい」

「……どんな気持ちだったの？」

「誰よりも憧れてて、誰よりも大事で、誰よりも愛してる、っていう気持ちよ」

母は気の毒なほど狼狽し、うっすらと頬を赤らめたが、何も聞かなかったかのようにして、再び編み棒を動かし始めた。

祖母がラジオを消したのか、祖母の部屋は静かになった。遠くの空をヘリコプターが飛んで行く音がした。庭の木で、ひとしきり賑やかに雀《すずめ》が囀《さえず》った。

「ねえ、お母さん」と私は言った。「お母さんは妻子ある人を好きになったことある？」

「そんなこと、あるわけないでしょ」

「じゃあ、その逆は？」

「逆？」

「結婚してるお母さんが、独身の男の人を好きになったってこと」

母は編物の手を休めなかったが、伏し目がちなその端整な白い顔に、束の間、刷毛《はけ》ではいたような赤みがさしたのがわかった。

「お父さんと結婚して、もう二十五年にもなるのよ」母はつぶやくように言った。

「忘れたわ」

「忘れられるもの？」

母は小首を傾げながら微笑み、私から目をそらせたまま、「何を言わせたいの」と言ったきり、幸福そうな沈黙の中に逃げこんだ。

私の知る限り、母は丈夫な人だった。たまに風邪をひくことはあっても、寝込むことは稀《まれ》だったし、双子の妹たちを出産した時以来、入院したこともない。肩がこったり、軽い頭痛がしたり、ということはよくあるようだったが、それもごくふつうの人が経験するような日常的な不調にすぎず、ともかく母が昼日中ぐったりと寝床に横たわっている、という姿を私も妹たちも生まれてから一度も見たことはなかったはずである。

母の様子が急におかしくなったのは、私が扁桃腺炎で寝込んでから半月ほどたった、十一月半ばの小寒い日のことだった。

夕方になって、外出から帰った私を迎えに玄関に走り出て来たのは、双子の妹のうちの一人、直美だった。

「お母さんが変なのよ」と直美は眉をひそめながら言った。「お昼を食べた後、身体がだるい、って言って布団を敷いて横になったんだけど、さっき測ったら、すごい熱なの」

私の扁桃腺炎が治りかけたころから、今度は母が風邪をひき、喉が痛くて咳が出る、と言いつつトローチを舐めたり、咳止めシロップを飲んだりしていた。熱も微熱程度でたいしたことはなく、海坊主先生にも診てもらわずに、ごくふつうに生活していた。

少しだるそうに、茶の間の柱に寄りかかり、ぐったりしているのを見かけたことはあるが、だるいの？　と聞くと、ううん、別に、と笑顔を見せた。その後も、いつもと変わらない様子だったので、風邪はすっかり治ったものと思いこんでいた矢先であった。

父と母が寝室に使っていた和室に入って行くと、母は布団から顔を出し、私を見るなり、弱々しい声で「おかえり」と言った。ひどく顔色が悪く、身体中が小刻みに震えていて、息を吸うたびに掛け布団にプリントされていた朱色の牡丹の花も一緒に震えた。

「風邪だろうかね」と居合わせた祖母が聞いた。声に不安げな響きがあり、思わず「うん」と応えたものの、まるで自信はなかった。私はなんだか怖くなった。

額に手をあててみた。母は、「律子の手、冷たくて気持ちいい」と言ったが、額はスイッチを切ったばかりのアイロンのように熱く感じられた。

父はその三日ほど前から、仕事関係者と一緒にヨーロッパ旅行に出発しており、不在だった。ざわざわと不安が押し寄せてきた。私は思わず双子の妹、直美と明美と互いに顔を見合わせた。

「海坊主先生にさっき、電話したのよ」明美が言った。「でも午後から出かけて、いないの。六時半過ぎじゃないと、戻らないんだって」

直美がべそをかきそうな顔をしながら、「まだあと二時間半もある」と言った。

「大丈夫かな。救急車呼んだほうがいいんじゃないかな」

大げさねえ、と母は布団の中で言った。くぐもったような声だった。「ただの風邪よ」

だが、誰もがただの風邪だとは思っていなかった。おそらくは、母本人ですら。母の呼吸はひどく荒かった。じっと寝ているのに、百メートルを全力疾走した後のように、はあはあと口で息をするのが苦しそうだった。

祖母が氷嚢を作ってきて、母の額にあてた。熱が高いせいか、氷嚢の中の氷がどんどん溶けていくのがわかった。

眠ったのか、意識を失いかけているのか、時折、眉をひそめたままじっとしている。大丈夫？　と問いかけると、わずかに目を開け、だるい、と言った。「手も足も、全部もげてしまったみたい。変ね」

夕食の支度をしようとは誰も言い出さなかった。晩秋の外はとっぷりと暮れていたが、雨戸をたてようとする者もいなかった。

六時半きっかりに、明美が海坊主先生の診療所に電話をした。まだ帰っていない、と言われた。

七時になり、七時十五分になった。もう待てない、と思った。祖母と私と妹たちは、タクシーを呼んで母を病院に連れて行こう、と決め、立ち上がった。外に車が停まる音がし、慌ただしげに玄関のチャイムが鳴らされたのは、その時だった。

白衣を着ていない海坊主先生が、「やあ、すまんすまん」と言いながら、どかどかと玄関を上がって来た。小寒い夜の空気と共に、先生が小脇に抱えた黒い診療鞄の、真新しい革の匂いがぷんとあたりに漂って、何故かそれは不吉な感じがした。

母は、木綿の白いネグリジェを着ていた。先生は私たちの見守る中、ネグリジェの胸を開け、聴診器をあてがった。乳房が見えた。白くて豊かなのだが、どこか慎ましい感じのする、母のものと呼ぶにふさわしい乳房だった。

「肺炎を起こしてるな」先生は重々しく言った。「少しチアノーゼもでてる」

「チア……なんですって？」祖母が聞き返した。

「唇や爪が青黒くなってきてるでしょう？　肺に炎症があるせいで、身体に血液がうまくまわらなくなってるんですよ。ずいぶん、我慢してたみたいだなあ。症状はもっと前からあったはずだよ」

「我慢強い人ですから」祖母が言った。哀れむような言い方が悲しかった。

　私は膝を乗り出した。「先生、私の扁桃腺炎が母にうつったんですか。肺炎はそのせいなんじゃないですか」

「今はなんとも言えないな。菌の検査をしてみないとわからないよ。ありふれた病気だから、きちんと治療を受ければ心配はいらないが、どっちみちここまできたら、入院してもらったほうがいいね。今日、お父さんは？」

「出張なんです、海外に」私が震える声でそう応えると、先生は、その場の雰囲気を変えようとするかのように、よっしゃ、と掛け声をかけながら立ち上がり、今すぐ僕の車でお母さんを病院に運んであげよう、と大声で言った。

　人生にはどうやら、天の時、というものがあるらしい。

　そうなるにふさわしい一瞬……いかなる計算を働かせようと、決して人為的に生まれることのない神秘の一瞬が、人には時折、訪れる。あらかじめ負っている運命、静かに受け入れるべき定めは、人知れず天体の動きに連動するかのようにして一極に集中し、まさに天の時としか言いようのない一瞬を生み出してくれるのである。

その晩、海坊主先生の車で母を運びこんだ病院で、私は三年前に別れた伸也とばったり会ったのだった。

自宅から少し離れた、住宅地の真ん中にある中規模の総合病院だった。そこの内科医長と海坊主先生は、旧知の仲という話だった。

病院に到着するころ、細かい針のような霧雨が降り出した。湿度ばかりが高く、気温は下がって冷えこんでいるというのに、空気はどこか、べとべとしていた。

母は急患として扱われ、すぐに救急治療室に運びこまれた。私と祖母が同行し、担当医にこれまでの病状を伝えた。呼吸困難に陥っていた母は、ただちに酸素吸入のマスクをつけられた。そんな恰好をして仰向けに寝ている母は、母であって母ではない、別の人間のように見えた。

家族はロビーで待っているように、と言われ、私たちは母を医師に任せて治療室を出た。疲れたのか、待合ロビーの椅子にぐったりと座りこんでしまった祖母に、私は自動販売機でオレンジジュースを買って来て手渡した。双子は、入院に必要な手荷物をまとめ、後からタクシーで来ることになっていた。

旅先にいる父に知らせる必要があった。その日、父がどの国のどのホテルにいるのか、知っているのは母だけだった。私は、家にいて入院準備をしている双子に電話をかけ、父の会社の人間の自宅の電話番号が書かれたアドレス帳を探して持って来てほしい、と頼んだ。会社の誰かに聞けば、父の居場所はすぐにわかるはずだった。

公衆電話は待合ロビーの片隅にあった。電話をかけ終え、財布を片手に落ちつかない気持ちでロビーを横切ろうとした時だった。目の前を通りかかった若い男に、りっちゃん、と声をかけられ、私は虚を衝かれたような思いで立ち止まった。

会うのは三年ぶりだった。肩のあたりまで伸ばしていた髪の毛は短くなっていて、そのせいか伸也は、別れた時よりも、少し大人びた顔つきになっているように見えた。

「どうしてここに」と二人同時に声を発し、一呼吸おいてからまた、「お見舞い？」と同時に聞いてしまったものだから、私たちは互いに顔を見合わせて、短く笑い合った。

「おやじがヘルニアの手術を受けたんだ」伸也は言い、照れくさそうに鼻の下をこすった。「たかが脱腸なのに、死ぬの生きるの、って大騒ぎでさ。おまけに、おふくろから、たまには見舞ってやれ、ってうるさく言われて、ちょっと寄ったところ」

「手術は？　うまくいったの？」

「もちろんさ。ぴんぴんしてる」

よかった、と私は言った。予備校帰りに立ち寄った伸也の家で、時々、ばったり顔を合わせることのあった伸也の父親が思い出された。お邪魔します、と言うたびに、ろくに顔も見ないまま、やあ、いらっしゃい、と言うのが口癖だった。名前を呼んでくれたことが一度もなく、あなたの家には私以外にも女の子がしょっちゅう遊びに来てるんじゃないの、と伸也に問いただして、つまらない口げんかに発展したことがある。

「……久しぶりね」私は言った。

ああ、と伸也は言い、眩しそうな目で私を見た。「誰か病気なの？」

私はうなずき、母の突然の発病について、話し始めた。話しながら、少し喉が詰まった。自分のせいだ、と思った。私さえ、扁桃腺炎にならなければ……。私があの晩、風邪をおしてまで塚本と遅くまで飲み歩かなければ……。母に看病させ、母に甘え、母に風邪をうつさなければ……。

視界がかすみ、待合ロビーの蛍光灯の青白い明かりが揺らいで見えた。伸也に気づかれないよう、私は目をそらせた。

「どうした」伸也が低い声で聞いた。

なんでもない、と私は言い、目を伏せたまま唇を噛んだ。「母がこんなふうになるの、初めてだから。動転しちゃって」

「わかるよ。何か手伝うことある？」

「まだ詳しいことが何もわからないの。でも平気。大丈夫よ。ごめんね。しばらくぶりだっていうのに、こんな話になっちゃって」

「いいよ。どんな話をしようが、りっちゃんに会えたんだから、それだけでも嬉しいよ」

私は洟をすすり、笑顔を作った。「就職、決まった？」

「決まった」

彼は私も知っている大手石油会社の名を挙げ、ジーンズのポケットに両手の親指を差し込むと、天井を見上げながら「なんだか変だね」と言った。

「何が？」

「……二度と会えないと思ってたから」

私が曖昧にうなずき返すと、伸也もまた、うなずいた。

「今夜はお母さんの付添い？」

「多分、そうなると思う」

「……また様子を見に来ようか」

「ありがとう。でも心配しないで」

「何か運ぶものがあるんだったら、言ってくれよ。僕、免許とって車を買ったんだ。中古のポンコツだけど。りっちゃんの家との往復、いくらでもやってやるよ」

私は微笑み返した。拒絶するような微笑みにしかならなかったのが、自分でもいやになった。「ほんとに無理しないで。今はいい薬もたくさんあるし、簡単に命をとられるような病気じゃない、って、往診してくれた先生が言ってて……だから……」

伸也は唇を真一文字に結び、怖いほどゆっくりと瞬きをしながら、私を見下ろした。私はふと口を閉ざした。

「迷惑？」と伸也は聞いた。聞き取れないほど、その声は掠れていた。「僕が来ると、迷惑かな」

私たちの傍を、赤ん坊を抱いた若い母親が血相を変えて走り抜けて行った。赤ん坊は薄桃色のおくるみの中で、異様な泣き声をあげていた。どこからか走り出て来た看護師が、その母親を手招きし、母子は急患用の診察室の中に吸い込まれていった。

私は伸也を見上げ、首を横に振った。「迷惑なわけ、ないじゃない」

「じゃあ、また来る」

うん、と私はうなずいた。「来て」

言った途端、ふいに鼻の奥が熱くなった。

看護師は、まだ何も知らせに来なかった。待合ロビーに人影はなく、伸也が病院の玄関を出て行く足音が遠のくと、あたりは急に静まり返った。私は祖母のところに戻り、隣に腰を下ろした。

祖母が聞いた。「誰だったんだい？　今喋ってた人」

「伸也よ。お父さんがヘルニアで入院してるんだって。お母さんのこと教えたら、びっくりしてた」

「伸也？」

「いやだ。遠藤伸也君。私のボーイフレンドだった人じゃない。忘れたの？　おばあちゃん」

ああ、と祖母は言い、そうだったね、とうなずいた。

「おばあちゃん、彼と私がつきあうの、嫌ってたのよね」

「髪の毛が長かったから、いやだったのよ。でも、いい男になったみたいだね、あの子も。髪の毛、ちゃんと短くしたし」

「就職、決まったんだって」

「どこに？」

私が彼の就職先を教えると、祖母は「へえ、そう。案外、優秀な子だったんだねえ」と言い、青白い蛍光灯の下で、場違いなほど相好をくずした。

母はひと通りの処置を受けてから、病室に運ばれた。細菌性の肺炎だということだった。

病室は二人部屋だったが、隣のベッドは空いていた。窓は大きく、庭園灯に照らされた病院の中庭が見下ろせた。雨はまだ、降り続いているようだった。

身のまわりのものを持ってやって来た双子の妹たちが、タオルだの小さな置き時計だの洗面用具だのをサイドテーブルの上に並べ、することがなくなると、今度は、「お母さん、かわいそう」と言い、二人そろって涙を浮かべた。私たちは長い間黙ったまま、母の腕にとりつけられた点滴の管から、音もなく輸液剤が落ち続ける様子を見守っていた。

病院の公衆電話を使って、旅先の父の居所を知っている会社の人間に連絡をとってみた。まだ帰宅しておらず、後で私たちの家に電話をかけてもらうことになり、その時のために、誰かが家に戻っている必要が出てきた。

疲労の色を見せ始めた祖母が、先に帰ってる、と言ってタクシーを呼び、戻って行った。小一時間ほどしてから、双子もまた、いったん引きあげて行った。双子は、母がいつもの母らしくなく、静かに横たわって目を閉じているのを見ているのが、耐えられない様子だった。

だが、私は帰るつもりはなかった。母に風邪をうつしたのは自分だ、という思いがあった。自分が抱え込んだかなわぬ恋のせいで、母は病に倒れた、そうに違いない、と思うと、いたたまれなかった。

付添いの必要はない、と看護師から言われていたのを無理に頼みこんだ。海坊主先生の口添えも功を奏したようだった。私は一人、病室にとどまることを許された。

ベッドの足元には、鼠色《ねずみいろ》をしたビニール製のソファーが一脚、置かれてあった。看護師は私に特別に患者用の毛布を貸してくれた。私は毛布の中に身を横たえ、ドアのすりガラスからもれてくる廊下の光が病室の闇をやわらげ、母の寝姿の輪郭をぼんやりとにじませているのを見守りつつ、夜を過ごした。

うとうと眠っていたのか、それとも、ぼんやりと物思いに沈んでいただけなのか、そのあたりのことははっきり覚えていない。ソファーに身を横たえてから、どれくらいの時間がたったのかもわからなかった。

何か、あたりの空気がかすかに蠢いたような気配を感じ、私は目を開けた。闇に慣れた目に最初に映し出されたのは、カーテンの隙間からもれてくる、中庭の庭園灯の光だった。薄く、淡く、月明かりよりも静かな光だった。母の寝ているベッドの掛け布団の上に、光はまっすぐにさしこんでいた。そしてそれは青白い一筋の線のようになって、まもなく布団の仄白さの中に溶けていった。

母のベッド脇にある丸椅子に、人が座っていた。初めは黒い影のようにも見えたし、透明でやわらかい、巨大なゼリーのようにも見えた。だが、それは確かに人間の形をしていた。しかも男の……。

あ、という声が喉の奥にこみあげた。だが、声にはならなかった。声を発する前に、瞬時にして私は、その黒い影が懐かしい生前の叔父の姿に変わり、まるで生きている人間のように、活き活きとした表情を浮かべるのを間近にとらえていた。

自分の唇が大きく震えるのがわかった。小鼻が、ひくひくと、子兎《こうさぎ》のそれのように、開いたり閉じたりするのがわかった。泣きたいほど嬉しいのに、涙がこみあげてくる気配はなく、にもかかわらず目が潤んで、胸の奥から迸《ほとばし》った熱いものが、まっすぐに身体をかけのぼっていくのが感じられた。

――心配したよ、と叔父は言った。

いや、〝言った〟のではない。その言葉通りの気持ちが私に伝わって来ただけなのだが、それは私の意識の中にしみわたり、即座に明瞭な音声と化したのだった。

――でもよかった。お母さんはすぐ元気になる。大したことはないよ。

会いたかった、おじさん、と私は言った。声は掠れ、喉がひりひりと痛み、焦がれる思いが熱く胸に拡がった。「会いたかった。会いたかった。ものすごく会いたかった」

叔父の端整な口もとに、やわらかな笑みが浮かんだ。それは昔のままの叔父だった。私や妹たちをからかっている時の叔父。ふざけて冗談ばかり言っている時の叔父。庭の落ち葉を掃いている母を、縁側に座ってじっと見るともなく見ている時の叔父……。

叔父は目を細めて私を見つめると、わずかに首を傾けながら、眠っている母を見下ろした。

叔父は何も言わなくなった。叔父から伝わって来るのは、狂おしいほどの愛情だった。狂おしいのだが、どこかに透明感があり、烈しいのに、静まり返っている。それは、愛する者に対して、これ以上、素直にはなれないと思われるほど素直になった時の気持ちにも似ていた。

叔父はただ、母を愛していた。まっすぐに、偽りなく、愛していた。

叔父の手が伸び、母の頬にかかったほつれ毛をそっとかき上げた。叔父の母に向けられた思いは、誰かを不幸にする愛ではなく、まして、何かを恨まねばならないような愛でもなかった。あなたが好きだ、と思う気持ちそのままの愛だった。

叔父の上半身が、わずかに傾いた。叔父は白っぽい、糊《のり》の利いたシャツのようなものを着ていた。衣ずれの音はしなかったが、次の瞬間、叔父の顔は母の顔のすぐ傍にあった。

叔父が目を閉じ、母の唇の端のあたりに接吻をするのがわかった。情愛があふれ、はじけ、苦しくなるほどの切なさがあたりを満たした。叔父はそっと顔を上げた。

叔父はもう、私のほうは見てくれなかった。それでよかった。病室の仄白いような闇の中で、叔父の目は母しか見ていなかった。それでよかった。

失ったものが山のようにあるような気がしながら、それでいて、私は幸福感に満たされていた。

大好きだった人を前にして、過去も未来もなくなったような、自分が完全であると確信できるような不思議な刹那が訪れた、と思ったら、次の瞬間、叔父の姿は視界から消え、私は深い眠りに落ちていた。


目覚めて腕時計を覗くと、七時過ぎになっていた。病室の外廊下を行き交う、看護師の声が聞こえた。

母はすでに目を覚ましていた。髪の毛は乱れていたが、小ざっぱりとした表情をしており、気分がかなりよくなっているのは、ひと目でわかった。

母は私を見ると、照れくさそうに微笑んだ。「ごめんね、律子。大変だったでしょ」

「そうでもない」

「帰っててよかったのに。先生も心配ない、って言ってくだすったんだし」

いいの、と私は言った。「こうしたかったの」

傍に行き、母の額に触れてみた。熱はかなり下がった様子だった。

ノックの音と共に看護師が入って来た。母が検温のための体温計を腋の下にはさまれている間、私は窓のカーテンを開けた。雨はあがっていたが、外はまだ、濃い霧に包まれていて薄暗く感じられた。

熱は三十七度八分まで下がっていた。よかったですね、お薬がよく効いたみたいですね、と若い看護師に喜ばれた。

看護師が出て行ってから、私は母の耳もとで囁いた。

「お父さんに内緒で、いいこと教えてあげようか」

「あら、なあに？」母は仰向けに寝たまま、嗄《しやが》れた声で聞いた。

「ゆうべ、晴夫おじさんが来たわ。ここに。この部屋に」

母は黙っていた。黙ったまま、目を大きく見開き、天井ではない、どこか遠くの空を眺めるようにして、数回、瞬きを繰り返しただけだった。

「おじさん、昔のままだった。とっても心配してたみたい。ここの丸椅子に座って、お母さんのこと、ずっと見守ってたのよ」

私が傍の丸椅子を指さすと、母はちらりと視線を傾け、深呼吸するように息を吸った。

私は短く笑ってみせた。「それでね、ここからがお父さんには内緒のことなんだけど……おじさんたら、お母さんの唇にキスしたの。唇のはじっこに。軽く。そっと」

母は、病人とは思えないほど目を輝かせた。そして、まるで今しがた、叔父にキスされたばかりのように、唇を小さく震わせると、静かに目を閉じながら微笑み、「律子ったら」と小声で言って顔をそむけた。

主治医の回診時間まで、まだ間があった。私は洗面をすませると、自宅に電話をかけ、電話に出てきた直美に母が快方に向かっている、と伝えた。

煙草が吸いたくなり、一階ロビーに降りてみたのだが、煙草の自動販売機は見当たらなかった。売店もまだ閉まっていた。

ホールでは、時間をもて余した様子の老人患者たちが黙ってテレビを眺めていた。暖房が利き過ぎているせいか、空気が生暖かく、淀んでいるように感じられた。

冷たい空気が欲しくなり、私は外に出てみた。病院の正面玄関の前は、霧で視界が利かなくなっていた。

肌にべたべたとまとわりつくような霧だった。大きく息を吸うと、塩素を入れすぎたプールのようなにおいがした。

車寄せの前から正門のあたりまで、背の高い銀杏の木々が、並木道のように連なって延びている。ほんの少し色づき始めた銀杏の葉が乳白色の霧に染まり、そのせいか、風景の一切が、現実感を失ってしまったように見える。

外来の診察時間までまだ間があるせいか、あたりを行き交う人はいない。敷地内に入って来る車もなく、出て行く車もなかった。遠くの大通りを行き交う車の音はするのだが、それは山の向こうの、彼方の世界の音のように聞こえる。

巨大な白い瓶の底を歩いているような感じがした。目の前には霧が拡がっているだけであり、後ろを振り向いても、同じである。まもなく、今しがた出て来たばかりの病院の建物すら、ぼんやりとした黒い塊のようにしか見えなくなった。

私のほんの数メートル前を男が一人、歩いていた。白い長袖のシャツを着て、黒っぽいズボンをはき、男は両手をズボンのポケットに入れたまま、いくらか前かがみになりながら、静かな足取りで歩き続けていた。

──りっちゃん。

男の声が私の意識の中に入りこんできた。叔父だった。

私の中に喜びが甦った。その喜びは叔父に対する愛であり、恋であり、憧れであり、懐かしさであるのだが、うまく伝えることができない。もどかしい思い、気ばかり焦って、行動が伴わない時のような気持ちがつのり、余計に胸を熱くさせる。

「おじさん、また会えたのね。嬉しい。お母さん、すっかりよくなったのよ。安心して」

母について、母の病について、何か言ってくるものとばかり思っていたが、その時の叔父は、母の話はしようとしなかった。

──僕の大事な可愛いカワウソくん。きみともそろそろ、会えなくなるな。

「どうして」と私は声を荒らげた。「いやよ。こうやって、時々、会いに来てちょうだい」

——僕だって、可愛いカワウソくんとは会いたいよ。毎日だって会いたいよ。

「だったらそうして。知ってる？　私、おじさんによく似た人が好きになっちゃったのよ。似てると思えば思うほど、好きになって、でも、どうしようもなかった。辛かったし、寂しかった」

——寂しいね。でも、もう会えないよ、りっちゃん。多分だめなんだ。

「どうしてよ。わけを教えて」

——りっちゃんはね、もう大人なんだ。りっちゃんの人生に、もう僕は入れない。

「私はまだ、大人になりきれないのよ。私が大人だ、なんて、いったい誰が決めたの。そんなの嘘よ」

ははっ、と叔父は笑い声をあげた。懐かしい、昔のままの、少しかん高い、楽しげな笑い声だった。

——大人になったってことを決めたのはね、りっちゃん、きみ自身なんだよ。

霧の中に、叔父の後ろ姿が際立ってはっきりと浮かび上がった。さらさらと霧が流れていく音がした。

その音に耳を傾けながら、私は悲しみをこらえた。今一度、叔父を失う悲しみ、心細さ、切なさ……。

瞬きをした。一秒の何分の一かの空白が生まれた。そのわずかな間に、叔父の姿は乳色の霧にのまれて、見分けがつかなくなっていた。

その時、ふいにやわらかな光があたりを包んだ。雲間から覗いた秋の澄みわたった朝の光が、霧を突き抜け、ゆっくりと幾筋もの光の線を浮き上がらせた。光は霧を押しのけ、蹴散らし、吹き飛ばそうとでもするかのように、厚くたれこめた乳色のヴェールをかき乱し始めた。

それまで判別がつかなかった銀杏の木々が見えてきた。コンクリートの道路脇に立てられていた、進入禁止の道路標識も見えてきた。光という光が、プリズムをかいくぐったかのように霧の中で躍り始めた。

重なり合った光の筋の向こうに、こちらに向かって小走りに走って来る若い男の姿があった。男は息をはずませている。手に、車のキイのようなものをぶら下げている。男のまわりで霧がふわりと舞い上がり、かき消されていく。

男は私を見つけて立ち止まった。私も立ち止まった。胸に温かなものがこみ上げた。

「来たよ、りっちゃん。これでも早起きしたんだ。お母さん、どう?」

私は、黙っていた。声が出てこなかったのだ。

男は眉をひそめた。「どうしたの。え？　お母さん、もしかして……」

ううん、と私は首を横に振った。「違うの。母はもう大丈夫。よくなってる」

ふいに、怒濤《どとう》のように、あらゆる現実感が私の中に甦った。霧が晴れ、あたりはきらめく朝日に包まれた。

光がはじける路面に、乾いた羽ばたきの音と共に鳩《はと》が舞い下りた。銀杏の枝で雀が囀り始めた。

そのすべての音、気配、風景が私の五感の中で活き活きと息づき始めた。

私は咳払いをし、唇を軽く舐め、両肩が持ち上がるほど深く息を吸うと、急《せ》きたてられるような思いにかられながら、それでもできるだけゆっくりと、伸也に向かって歩きだした。

文庫版あとがき

私は昭和二十七年生まれ。昭和三十四年に小学校に入学し、東京オリンピックが開催された翌年に卒業した。

当時住んでいた東京都大田区の家は、細長い路地の中にあった。路地には生ゴミを捨てるための蓋つきのゴミ箱が並んでいた。ゴミ箱にはいつも大きな銀蠅《ぎんばえ》がわいていたが、ゴミ箱に蠅がわくのは当たり前のことで、誰も気にしなかった。どの家も、あのころの中産階級を象徴するような家ばかりで、突出した金持ちはいなかった。それでも女の子のいる家には、たいていアップライト式のピアノがあった。夕方になると、あちこちの家の窓から下手くそなピアノの音が流れてきた。

少し離れたところに住んでいた金持ちの家では、耳の長い、おとなしいコッカースパニエルを飼っていた。ディズニーの『わんわん物語』の影響か、「レデイ」と名付けて、芝生をはったフェンスの中で放し飼いにしていたのを覚えている。一方、路地の住民が鎖につないで飼っていたのは、たいてい黄ばんだ白毛の、よく吠《ほ》えるスピッツだった。

一軒だけ、車を持っている家があった。車庫がないので、車はたいてい、家の前に停めっ放しにしてあった。

車のウインドウを割ったら大変だから、と、車の近くでキャッチボールをしないよう、その家の人からきつく言われていたが、キャッチボールはしなくても、私たちは車の下にもぐったり、隠れたりして、車体にべたべたと手の跡を残してばかりいた。みんなでボンネットの上に座り、並んで棒つきのバニラアイスクリームを食べることもあった。切り落とされたトカゲのしっぽをボンネットの上に載せ、くるくる動くのをみんなで見守ったこともあった。車はそこに停まっている限り、みんなのものだった。

戦後の貧しさから完全に解放されてはいたが、豊かさに向けて暴走し始める一歩手前の、今から思えばのどかな時代であった。大人は子供に媚《こ》びなかったし、子供は大人におもねらなかった。子供には子供の世界があった。子供の目というものが厳然としてあり、半人前扱いしながらも、大人はそれを見守る余裕を持っていた。

当時の記憶をあれこれと弄んで楽しんでいた時、ふいに〝律子さん〟の物語が浮かんできた。律子さんを作者である私と同じ世代の人間に設定し、律子さんの成長物語を通して、戦後昭和の、今はすでに失われてしまった優しい風景を描こう……そう思った。

それから二年あまり。一人のどこにでもいそうな女の子の、昭和という時代を背景にした甘酸っぱい成長物語は、ここに無事、完結し、文庫化されるに至った。

言うまでもないことだが、これは律子さんの持っている特殊な能力をテーマにした物語ではない。生と死は常にひっそりと手をつなぎ合っていて、その連鎖する時間の果てしない流れの中で、人は悲しんだり、悩んだり、迷ったりしながらも、恋をし、愛し、夢を見続ける、そして、それぞれの命を育みつつ、自らもまた死に向かって静かに泳いでいるのだ……そんなことを書いてみたかった。読者に伝わっていれば、こんなに嬉しいことはない。

一人の作家が一生のうちに書き残せる作品の中で、産み落とした瞬間に元気な産声をあげてくれる主人公というのは、数えるほどしかないはずである。私にとって律子さんは、その数少ない一人になった。誰の中にも生きているはずの律子さんが、より多くの読者と共にいつまでも元気でいてくれることを祈りつつ……。

二〇〇〇年秋　軽井沢にて。

小池真理子

解　説

稲葉真弓

自分の青春を追想するには、いかにもおもはゆい年になったが、過ぎてきた時代のにおい、そのおりおりの感情を思い出し、不覚にも感情を揺さぶられることがある。私の十代から二十代、それは一九六〇年から七〇年に至る、〝続・政治の季節〟と奇《く》しくも重なっている。同時にその年代は、〝美しい日常〟あるいは人と人とのつながりが、家族や友人の間に緊密に流れていた最後の時代でもあった。小池さんの小説を読むとき、私はあたかもそこに自分の昨日や家族たちが、親しみ深く横たわっているような思いになる。

もちろん小池さんと私とは、環境も生きた場所もまったく違う。それでも作品の言葉や情景からやってくる時間の手触りが、なつかしいような甘いような複雑な襞《ひだ》となって、心の奥底をくすぐるのである。

『律子慕情』もまた、そうした作品のひとつだった。時代とともに〝律子〟の成長を描くこの小説は、六編をおさめた連作風の作りになっているが、長編として読むこともできる。登場人物もその家族に流れる愛の旋律も一貫して全編を貫いているからだ。

物語は、著者の分身とも思える〝律子〟という少女が、小学校六年生だった昭和三十九年六月を舞台とした「恋慕」という作品から始まっている。家庭を守るつつましやかな母と、謹厳実直な父、道徳的な祖母、それに双子の妹がいる〝律子〟の家は、当時のどの町でもみかけることのできた平穏で安定した中流家庭といえる。その家に、アメリカから帰国した美貌の叔父が転がりこみ、やがて自死を選ぶところから〝律子〟にもたらされた愛の旋律、生の不可思議は震えるような序曲を奏で始める。

この作品では、叔父への仄《ほの》かな恋の芽生えや、少女が大人になる直前の、あやうく切ない感情の揺れが主に描かれているのだが、同時に私は、この叔父・木所晴夫の存在に時代への反逆を読み取らずにはいられない。オリンピックに経済成長を託した当時の日本の世相の中で、世間の動きとは無縁に自己完結を目指した男たちだって無数にいただろう。ことに木所晴夫は、アメリカで演技の勉強をし俳優になるという夢の具現化に敗れた過去を持っている。アメリカの現実、日本の現実……叔父・晴夫は見てはならないものを見てしまった〝選ばれた敗北者〟でもある。

つつましやかな家庭に憧れ、白い夕顔のような〝律子〟の母に思いを寄せつつも、諦念を体奥に抱え込んだ男は、自分の恋を相手に告げることができない。ついに思いを娘の〝律子〟に重ね、彼女を指さしながらこう言うのだ。「木所晴夫が奥さんにしたいのは誰だろう。はい、正解はこちら。この子だよ、この子」

このシーンは哀切である。聡明《そうめい》な〝律子〟は叔父が自分の母を恋していることを直感している。同時に〝律子〟は叔父を恋している。もちろん〝律子〟と〝叔父〟、〝母〟と〝叔父〟の間に流れる恋は成就しない、しかも肉体を介しないプラトニックな愛である。ゆえに、逆に抑えがたい熱情をはらんでいるのだ。

叔父の死の真相は、ついに謎のまま残される。本当に母を恋し、かなわぬ絶望から死を選んだのか。あるいは別の理由があったのか。

実はこの作品集『律子慕情』にはさまざまな人の死、喪失感がモザイクのようにはめこまれている。そうした「死」と「喪失感」が物語に繊細なうねりを与えているのだ。

叔父の死は〝律子〟の心に謎と喪失感を残したものの、彼女はすこやかに成長していく。「猫橋」ではノボルという、無垢《むく》で不器用な不良少年との淡い恋が語られ、「花車」では、双子の妹の家庭教師として通ってくる東大生の本宮敏彦への恋情が語られる。一方は、昭和四十二年〝律子〟十五歳。中学三年の少女の恋の背後にはまだバラックや長屋という空間が生きていた生活共同体が垣間見えるが、次章の「花車」では、〝律子〟は高校生になっている。東大の安田講堂占拠のあった学園紛争の時代を背景に描かれた恋は、大人びた少女たちが心奪われた（私もそのひとりだったのだが……）アバンギャルドな、同時にそれを語ればその時代のにおいと色がふつふつと立ち上ってくる六〇年代風演劇空間が、巧みにはめこまれている。

このあたりから私は、現実の生活空間と願望とに引き裂かれていた自分自身の青春に物語を重ね合わせ、そうそう、そうだったの、あの頃は演劇青年、学生運動崩れの若者たちがどの酒場でも、どの街角でも青白い顔を見せて哲学を語っていたことを思い出したのだが、同時に女優と東大生の恋もまた、時代を象徴していたことに思い至る。そういう意味でいえば、本宮敏彦の恋人であった女優の死は、六〇年代という〝時代の死〟と大きく関わっているといえるだろう。

「天使」では、予備校に通う〝律子〟の家に、居候を余儀なくされた事情のある少年が登場する。この少年との素朴な交情と、現実の恋人遠藤伸也との間で揺れ動く繊細な感情。ここでは、昭和四十六年の夏の出来事が語られているが、性愛への欲望に目覚めていく東京の少年と、ひたすら〝律子〟への憧れを心に留《とど》めようとする尼崎の少年との対比が鮮やかに描きだされている。新聞配達で生活の糧を得た尼崎の少年と、予備校に通い〝律子〟の体に甘やかな夢を託す東京の少年との間にある感情の乖離《かいり》は、都市と田舎という隔たりがなくなった今、なんと新鮮に響くことか。ここでもまた、無垢な少年は、時代の成熟を示すメカニックなもの、高度成長期を象徴する巨大なトラックの犠牲になるのだ。

「流星」にみられるロマンスは、一連の物語がある種の円環構造をもっていることを読者にはっきりとしらしめる。この物語は、昭和四十七年、二十歳になった〝律子〟が、伸也と別れ、正彦という新しい恋人とともに信州の彼の実家に向かう夏が舞台になっているが、冒頭に描かれた「恋慕」的世界が色濃く漂っているからだ。

先に述べたように「恋慕」は、抑えがたい無言の熱情をはらんだ展開になっているが、正彦の兄・和之への〝律子〟の思いは、叔父・木所晴夫への思いを相似形にしたものといっていいだろう。このふたつの作品にはほとんど〝律子〟という女性の持つ愛の特質が描かれているような気がする。強いものよりも繊細なもの、がさつなものよりも寡黙で静謐《せいひつ》なものへと心を預けていく彼女は、愛というものが体との接触や性では計れぬ、むしろ「沈黙」や「間」といった複雑な官能性の中にあることを知っているのだ。そしてまた、正彦の兄・和之が、木所晴夫と同じように、深い諦念を抱えた男であることに気づかされるとき、私たちはこの章でもまた不幸な死がもたらされるであろう予感を持つ。正彦との関係は彼の昔の恋人栞《しおり》の自殺未遂事件によって崩壊していくが、〝律子〟の喪失感はむしろ、後にやってくる和之の死によって深まっていく。逆に言えばるいとした死が、〝律子〟の感性を研ぎ澄まし、彼女を大人にしていくのだ。

物語はどのように閉じるのか。敏感な読者なら終章の「慕情」が、冒頭の「恋慕」とひとつの重なる文字によって糸のようにつながっていることに気づくだろう。そう、この物語は、終始、冒頭に登場した木所晴夫を軸にして、〝律子〟とその家族、ことに〝母〟の周辺をめぐっている。何人もの若い人々の死は、〝律子〟と〝母〟との間を浮遊する惑星間流れ星のような存在といっていいだろう。

私はこの物語の終章が一番好きだ。この章ではだれも死なない。昭和五十年十月、〝律子〟二十三歳。大学卒業を翌年に控えている〝律子〟は、激しい熱に見舞われる。やがてそれは〝母〟にも飛び火するが、各章で描かれていた死はここでは意図的に回避されている。二人を襲った病は、もつれあった愛と死から再生するために、母娘《おやこ》にふりそそいだ熱と光の洗礼とも読み取れる。昔の恋人・伸也との自然な再会も含めて、〝律子〟は〝母〟との間に君臨していた忘れがたい男・木所晴夫、あるいは過去のすべての死から自由になる。亡霊となった叔父は、病んで眠る〝母〟のもとに現れ、全身で感情を表すがその感情は愛欲とは無縁の、人が人をいとおしく思うすべての感情、すべての愛の表現を含んでいる。読者はここで、告げられなかった愛、失われたままの愛が、こうした形で成就することがあるのを知るのである。

〝律子〟を主人公にしたこの昭和の愛の物語はこうして幕を閉じるが、ここには女性の持ち得るかぎりのあらゆる愛の表現（嫉妬を含めて）が、〝律子〟という豊かな感受性を備えた女性によって語られ尽くされている。同時に、男の愛の感情もまた、昭和という波の中で社会現象に翻弄されつつも、誠実に清潔に語られている。

愛という得体の知れぬものを、プリズムの角度を変えるように覗《のぞ》き込もうとした本作品には、固有の時代が重々しい通奏低音として流れ続けているが、もしできうることなら昭和五十年以後の「続・律子」を、小池さんに書き続けてもらいたい。なぜなら、私たちの時代は書かなければ、留めなければ消えていくはかないものだからだ。

はかない時代にすっくと立つ、〝律子〟の成長を願って。

（いなば・まゆみ　作家）

※この解説は、二〇〇〇年十一月、文庫刊行時に書かれたものです。

本書は一九九八年一月に集英社より単行本として刊行され、二〇〇〇年十一月に集英社文庫として刊行されたものを改訂しました。

初出誌
恋慕　「小説中公」　一九九五年六月号
猫橋　「小説すばる」　一九九六年三月号
花車　「小説すばる」　一九九六年六月号
天使　「小説すばる」　一九九七年一月号
流星　「小説すばる」　一九九七年六月号
慕情　「小説すばる」　一九九七年九月号

集英社文庫　目録（日本文学）

見城徹　編集者という病い
小池真理子　恋人と逢わない夜に
小池真理子　いとしき男《アダム》たちよ
小池真理子　あなたから逃れられない
小池真理子　悪女と呼ばれた女たち
小池真理子　双面の天使
小池真理子　無伴奏
小池真理子　妻の女友達
小池真理子　ナルキッソスの鏡
小池真理子　倒錯の庭
小池真理子　危険な食卓
小池真理子　怪しい隣人
小池真理子　律子慕情
小池真理子　短篇セレクション サイコ・サスペンス篇Ⅰ　会いたかった人
小池真理子　短篇セレクション 官能篇　ひぐらし荘の女主人
小池真理子　短篇セレクション ミステリー篇　泣かない女

小池真理子　短篇セレクション ノスタルジー篇　夢のかたみ
小池真理子　肉体のファンタジア
小池真理子　柩《ひつぎ》の中の猫
小池真理子　夜の寝覚め
小池真理子　瑠璃の海
小池真理子　虹の彼方
小池真理子　午後の音楽
小池真理子　熱い風
小池真理子　律子慕情
小泉喜美子　弁護側の証人
河野美代子　新版 さらば、悲しみの性 高校生の性を考える
河野美代子・永田由紀子　初めてのSEX あなたの愛を伝えるために
古沢良太　小説版 スキャナー 記憶のカケラをよむ男
五條瑛　プラチナ・ビーズ
五條瑛　スリー・アゲーツ
小杉健治　絆

小杉健治　二重裁判
小杉健治　最終鑑定
小杉健治　検察者
小杉健治　宿敵
小杉健治　それぞれの断崖
小杉健治　水無川
小杉健治　黙秘 裁判員裁判
小杉健治　疑惑 裁判員裁判
小杉健治　覚悟
小杉健治　質屋藤十郎隠御用
小杉健治　冤罪
小杉健治　贖罪
小杉健治　からくり箱 質屋藤十郎隠御用 二
小杉健治　赤姫心中 質屋藤十郎隠御用 三
小杉健治　鎮魂
小杉健治　恋飛脚 質屋藤十郎隠御用 四

集英社文庫 目録（日本文学）

集英社文庫

律《りつ》子《こ》慕情《ぼじょう》

2000年11月25日　第1刷　　定価はカバーに表示してあります。
2007年3月25日　第3刷
2016年10月25日　改訂新版　第1刷

著　者　小池《こいけ》真理子《まりこ》

発行者　村田登志江

発行所　株式会社　集英社
東京都千代田区一ツ橋2-5-10　〒101-8050
電話　【編集部】03-3230-6095
【読者係】03-3230-6080
【販売部】03-3230-6393（書店専用）

印　刷　凸版印刷株式会社

製　本　凸版印刷株式会社

フォーマットデザイン　アリヤマデザインストア　　マークデザイン　居山浩二

ISBN978-4-08-745500-7 C0193